Lisa-Marin und die unerträgliche Idylle

Islandkrimi oder Arztroman

Carl Lindenlaub

Das Werk ist einschließlich aller seiner Teile urheberrechtlich geschützt. Jede Vervielfältigung ohne Zustimmung des Autors ist unzulässig und strafbar. Alle Rechte einschließlich des auszugweisen Nachdrucks, Verfilmung und der Übersetzung etc. sind vorbehalten.

Alle im Buch enthaltenen Angaben, Ereignisse und Personen sind frei erfunden und wurden vom nach bestem Wissen erstellt.

Carl Lindenlaub

Lisa-Marin und die unerträgliche Idylle

Islandkrimi oder Arztroman

Carl Lindenlaub

Die Deutsche Nationalbibliothek verzeichnet diese Publikation in der Deutschen Nationalbibliografie; detaillierte bibliografische Daten sind im Internet über http://dnb.dnb.de abrufbar.

Copyright 2016 Carl Lindenlaub
Herstellung und Verlag
BoD – Books on Demand, Norderstedt

ISBN 9783739225036

Kaum, dass er aufgewacht war, wünschte er, ewig weiterschlafen zu können, nicht aufstehen zu müssen, liegen zu bleiben, die Minuten und Stunden, oder noch besser, den ganzen Tag verstreichen lassen zu können.

Das aber war vollkommen unmöglich, und das wusste er natürlich. Jetzt galt es, sich zu überwinden für diesen Tag, sich zu rüsten; er war freudlos und ohne Zuversicht und Energie.

Sein Kopf schmerzte, draußen schien die Sonne, ein Auto hupte, Reifen quietschten. Vor seiner Tür, auf dem Gang, hörte er jemanden laufen, ein Wägelchen quietschte, Flaschen wippten gegeneinander.

Niemanden sehen! Niemanden hören! Das wünschte er sich. Er sah auf die Uhr; es war zwanzig nach sieben. Gegen zwölf sollte er den Vortrag halten. Die Vorstellung, dann vor einigen Dutzend Menschen zu stehen, das Manuskript vor sich auf dem Pult und reden zu müssen, war für ihn so fremd wie nur irgendwas. Undenkbar, so zu tun, als hätte es das, was ihn gerade beschäftigte und was in den letzten Stunden, in dieser Nacht, passiert war, als hätte es das nicht gegeben! Undenkbar, sich gleich zu waschen, in den Spiegel zu sehen, zu frühstücken, zum Kongress zu fahren und den Leuten in die Augen zu sehen!

Im Bad rumpelte es, er hörte nicht hin. Die Brause wurde aufgedreht, er hörte das Wasser laufen, hörte das Quietschen der Füße auf dem nassen Duschboden – wurde da jetzt etwa gesungen?

Nein, er hatte sich verhört; das Radio lief leise, das Radio neben dem Bett, auf der anderen Seite des Doppelbetts. Er rollte sich sofort hinüber und drehte es aus. Herrje, könnte er doch die Zeit anhalten! Oder besser noch – zurückdrehen! Alles ungeschehen machen, was passiert war. Er stand auf und ging zum Fenster. Lugte durch den Vorhang auf die Straße, sah die Autos und die Fußgänger, und kam sich vor wie ein Fremder, wie jemand, der nicht hierhergehörte, wie von einem anderen Stern. Als er sich dann umdrehte, sah er sich im Spiegel. Er war nackt und erschrak fast, als er sich sah. Auf jeden Fall kam er sich lächerlich vor. Lange stand er so da und betrachtete sich im Spiegel.

Plötzlich wusste er, was er zu tun hatte. Oder nein: Er wusste nicht, was er zu tun hatte, aber er wusste, dass er etwas tun musste, um nicht unterzugehen und um jemals wieder unter Leute zu kommen, ohne sich zu schämen. Er zog sich an, schlüpfte in Hemd und Hose, in Socken und Schuhe, und machte, dass er aus dem Zimmer kam.

Kaum hatte er die Tür hinter sich zugezogen, war ihm, als käme ihm eine frische Brise entgegen. Endlich konnte er durchatmen! Er stieg die Treppe hinab, ging durch die Halle und lief eilig nach draußen auf die Straße. Wie gut taten die Luft, die Autos, die Fußgänger. Er hätte jubeln wollen vor Lust und neuer Kraft! Endlich war alles wieder möglich: der Tag, der Kongress, die Leute, sein Vortrag. Manchmal konnte alles so einfach und leicht sein!

Auf der anderen Straßenseite war ein kleines Café, dort würde er jetzt frühstücken. Als er das Café betrat, blickte der Ober auf, nickte ihm zu und kam sogleich mit der Karte an seinen Tisch. Von hier aus konnte er das Hotel sehen, schließlich war es direkt gegenüber; ja, er konnte sogar das Zimmer sehen, sein Zimmer, in dem er eben noch war.

Er bestellte ein Frühstück und wusste, dass der Tag gelingen würde, selbst wenn er das bis vor einigen Minuten noch nicht für möglich gehalten hatte. Er wusste, der Tag würde gelingen, weil er imstande war, alles zu vergessen, oder zumindest nicht mehr wichtig zu nehmen, was passiert war.

Als der Ober das Frühstück brachte, bestellte er noch ein Glas Crémant.

1

„Schau mal, wie sie lacht!"

Katharina stand neben dem Stuhl, etwas wackelig zwar, außerdem hielt sie sich mit einer Hand an der Lehne fest, aber sie stand; und als Burkhard jetzt zu ihr hinübersah, strahlte sie über das ganze Gesicht.

„Du, dich hat sie wirklich gefressen!" Constanze lachte, als sie das sagte. Burkhard lachte mit und zog seiner kleinen Tochter zuliebe eine Grimasse.

Das bewunderte er an seiner Frau: Sie war nicht im Geringsten eifersüchtig und die Tatsache, dass ihre gemeinsame Tochter ihren Papa liebte und ihre Mutter lediglich mehr oder weniger zur Kenntnis nahm, schien sie nicht wirklich zu stören.

Constanze ruhte vollkommen in sich. Burkhard kannte niemanden, der so ausgeglichen war wie seine Frau. Manchmal fragte er sich, ob ihr das in die Wiege gelegt worden war – er kannte Constanze gar nicht anders – ob es womöglich gleichsam ein Talent war, über das sie verfügte, oder ob sie in der Lage war, sich jedes Mal selbst wieder auf die Gleise zu stellen?

Ihm jedenfalls war es nicht in die Wiege gelegt, sofern es das überhaupt gab. Freilich war auch er zwar kein Halm im

Wind, er wusste, wer er war und was er konnte, doch mit der Robustheit seiner Frau vermochte er nicht mitzuhalten.

Katharina quiekte jetzt, sie kiekste fröhlich und lachte, rief „Papa" – also wieder nicht „Mama". Burkhard legte das Brötchen beiseite und nahm sie auf seinen Schoß. „Heute Abend wird es bei mir später", meinte Constanze und begann, den Tisch abzuräumen. „Ich hab um fünf noch mal ein Meeting, das dauert mindestens zwei Stunden. Vor halb acht bin ich nicht zu Hause. Katharina ist bis drei in der Kita, Petra holt sie ab."
Constanze arbeitete in der Geschäftsführung einer Werbeagentur. Als Katharina ein Jahr alt geworden war, hatte sie wieder zu arbeiten begonnen. Dieser Job bedeutete ihr viel, ein Leben als Hausfrau und Mutter war für sie nicht vorstellbar.

Petra war die Tochter ihrer Nachbarn, siebzehn Jahre, hübsch, zuverlässig. In zwei Wochen würde sie eine Ausbildung als Buchhändlerin beginnen, was bedeutete, dass man auf ihre Hilfe zukünftig verzichten musste. Es galt also, jemand anderen zu finden, der sie ersetzte. Die kleine Katharina hatte sich an Petra gewöhnt, die nahezu täglich ein paar Stunden auf sie aufpasste. Sie mochten einander sehr, und es war ein Jammer, dass Petra in Kürze nicht mehr zur Verfügung stehen würde.

„Ich bin auch nicht vor sieben zurück", meinte Burkhard, stand auf und trug die noch halb volle Kaffeekanne in die Küche. „Petra kann aber nur bis sechs bleiben." Constanze nahm ihm die Kanne ab und stellte sie neben den Herd. Sie hatte die Angewohnheit, abends noch eine Tasse Kaffee zu trinken und betrachtete es als Verschwendung, den

Morgenkaffee wegzukippen; stattdessen wärmte sie ihn abends wieder auf und trank ihn mit heißer Milch.

„Ich muss gleich in die Klinik und um vier in der Uni sein." Heute war er nicht wirklich vorbereitet für seine Vorlesung: Der Tag gestern in der Klinik, in der er arbeitete, war lang gewesen, und eigentlich hatte er seine Aufzeichnungen für die Vorlesung am Abend noch einmal durchgehen wollen, war aber schon im Wohnzimmer vor den Spätnachrichten eingeschlafen. Aber egal! – wenn er improvisieren musste, war er ohnehin oft besser.

Eigentlich hatte er beabsichtigt, sich nach seiner Vorlesung mit einem seiner Oberärzte zu treffen, dessen Mutter an Darmkrebs erkrankt war. Er würde das Treffen verschieben müssen.

„Geht in Ordnung, ich bin bis sechs Uhr wieder zurück!"

„Bist ein Schatz!" Constanze küsste ihn auf die Wange, und verließ kaum drei Minuten später mit Katharina, die sie auf dem Weg ins Büro zur Kita brachte, das Haus.

Es würde ein terminreicher Tag werden, so viel stand fest: Frühbesprechung, um acht Uhr Schnitt, also Beginn der ersten Operation – beidseitige Leistenhernie, Schilddrüse, Galle –, um eins eine Besprechung in der Verwaltung, um zwei war er zum Mittagessen verabredet, um vier musste er seine Vorlesung halten. Der Tag indes würde nicht bloß voll mit Terminen sein. Es würde ein Tag sein, der sein Leben und das seiner Familie in eine ganz neue Richtung lenkte; ein Tag wie eine Weiche, die den Zug vom geplanten Weg urplötzlich auf ein Gleis führte, dessen Richtung und Ziel nichts Gutes verhieß. So ein Tag also würde es werden, auch wenn zunächst nichts darauf hindeutete, sodass man am selben Abend noch dachte, wie gut doch alles funktionierte und sich fügte.

2

Es war jetzt kurz nach halb neun morgens, im Autoradio kamen die Nachrichten. Noch allerdings war nicht viel zu verstehen, es rauschte und knackte, denn Burkhard fuhr den Wagen eben erst aus der Tiefgarage.

Er fuhr ausgesprochen gern Auto und liebte vor allem die Fahrt ins Krankenhaus; es war jedes Mal wie eine kleine Reise in eine andere Welt. Und auch mit ihm ging stets eine Art Metamorphose vonstatten, sozusagen eine Veränderung seiner Persönlichkeit. Ja, manchmal hatte er sogar den Eindruck, sein Äußeres verändere sich, er wüchse gleichsam. Jedenfalls schien es ihm, als würde er ein anderer, jemand, der alles wusste und alles konnte, der auf alles eine Antwort parat hatte, und zwar die richtige! Constanze liebte ihn, kein Zweifel, aber sie wusste natürlich um seine Schwächen und Fehler – und womöglich liebte sie ihn sogar gerade deswegen; manchmal jedenfalls dachte er das. Wie dem auch sei: Fehlerlos gefiel er sich besser, und nahezu fehlerlos war er bisher im Krankenhaus und in der Uni.

Jetzt war er auf dem Weg in die Klinik, und wieder überkam ihn dieses Gefühl, wie stets: Es war, als schlüpfe er in einen anderen Menschen; es war, als beobachte er sich selbst dabei, wie er sich allmählich veränderte, wie er sich aus der alten Haut schälte und die neue nach und nach überstreifte, wie er ein Stückchen wuchs, wie er langsamer atmete, wie er ruhiger wurde. Diese Ruhe übertrug sich auch auf das Autofahren – er schaltete langsamer als sonst, hielt bei jeder gelben Ampel, gab nicht Gas wie sonst immer, er fuhr umsichtiger.

Die Fahrt dauerte keine zwanzig Minuten, und als er den Wagen auf seinem eigenen Parkplatz vor dem Krankenhaus abstellte, war seine tägliche Metamorphose abgeschlossen. Pünktlich und zuverlässig. Hier pflegte er seinen Ruf als nonchalanter, kompetenter, souveräner Chefarzt. Das begann schon bei der Begrüßung der Schwestern und setzte sich fort bei der morgendlichen Besprechung mit den Kollegen. Hier sprach er gleichsam eine andere Sprache, hier sprach er mit anderer Stimme, hier bewegte er sich anders als sonst.

Seine Operationen an diesem Tag waren nicht allzu kompliziert: „Die Galle", sie war knapp fünfzig Jahre alt, war ziemlich verwachsen und blutete etwas. Burkhard kannte die Frau, es war seine Nachbarin, allerdings erst seit knapp einem Jahr. Das Nachbarhaus hatte zum Verkauf gestanden, weil der Besitzer, ein fast achtzigjähriger Witwer, verstorben war; einige Wochen später dann war jene Frau mit ihrem Mann dort eingezogen. Burkhard hatte vergessen, was ihr Mann beruflich machte, und es interessierte ihn eigentlich auch nicht sonderlich. Constanze hatte neulich von ihm erzählt, sie nämlich pflegte ihre nachbarschaftlichen Beziehungen.

Die OP verlief ohne Komplikationen, nach einer dreiviertel Stunde war er fertig. Er zog sich um und ging in sein Büro. Kurz darauf rief er den Oberarzt an, um die Verabredung am späten Nachmittag abzusagen. Burkhard hasste Absagen jeglicher Art, zumal er den Mann schätzte und ihn das Schicksal dessen Mutter rührte; aber wie so oft wunderte er sich jetzt, wie entschlossen, aber mitfühlend – wie mitfühlend, aber entschlossen – er den Termin auf den nächsten Tag verschob. Die Zeit bis zur Besprechung um eins verging wie im Flug, er führte Telefonate, machte Visite, unterschrieb zwei Briefe.

Nach der Besprechung war er mit einem Kommilitonen verabredet, den bereits seit der er seit einigen Monaten regelmäßig traf. Sie waren sich auf einem Kongress in München wieder begegnet und hatten erstaunt festgestellt, dass sie kaum einhundert Kilometer voneinander entfernt wohnten.

Martin Bucher, so hieß er, war vierundvierzig, mithin im selben Alter wie Burkhard. Bucher, Gefäßchirurg, hatte lockige, schwarze Haare und einen Vollbart, er war etwas kleiner als Burkhard, vielleicht eins fünfundsiebzig, hatte ein paar Kilos zu viel und trug, wie schon in Studienzeiten, eine kleine runde Brille mit schwarzem Rand.

Und: Bucher war authentisch – jedenfalls hatte es Burkhard so empfunden und es genauso für sich ausgedrückt, als er ihm auf jenem Kongress begegnet war: der authentische Bucher. Man glaubte ihm, was er sagte, man dachte, der weiß, wovon er spricht. Zwar weiß er nicht alles, aber wenn er etwas sagte oder meinte oder behauptete, dann hatte es Hand und Fuß. Und wenn er etwas nicht wusste oder sich irrte, gab er das unumwunden zu. Der war so, wie er war, der spielte keine Spielchen.

Wenn er an Bucher dachte, hatte Burkhard gleich ein Bild vor Augen: ein Schiff, ein schweres Schiff, ein Tanker, ein Frachter oder so etwas Ähnliches, das mit schwerem Anker an massiger Kette im Hafen lag und, wenn es einmal auslief, jedem Unwetter trotzte.

Burkhard freute sich auf das Treffen und war etwas zu früh im Restaurant. Er setzte sich an einen Tisch am Fenster und wartete.

„Grüß dich, Burkhard!" Bucher stand jetzt am Tisch; ganz plötzlich war er da aufgetaucht. Burkhard hatte sein Erscheinen gar nicht bemerkt und erschrak sogar ein wenig.

„Hallo, Martin, grüß dich!"

Bucher setzte sich auf die andere Seite des Tisches, seine Brille war ein wenig beschlagen, er schwitzte und wirkte etwas durcheinander.

„Was ist los?", fragte Burkhard.

„Mich hätte es eben fast erwischt", meinte Bucher und grinste. „Ich war ziemlich in Eile, weißt du, und bin über die Straße gelaufen und erst als ein Auto gehupt hat, habe ich bemerkt, dass ich vorher überhaupt nicht auf den Verkehr geachtet habe." Bucher nahm seine Brille ab und putzte sie mit einem Stofftaschentuch. „So knapp!", meinte er und hielt Daumen und Zeigefinger keinen Zentimeter auseinander.

„Glück gehabt!", meinte Burkhard. Er überlegte, ob ihm das auch schon einmal passiert war, von dem er jetzt erzählen könnte, aber es fiel ihm nichts Derartiges ein. Bucher steckte derweil das Taschentuch zurück in sein Jackett und setzte seine Brille wieder auf.

„Bevor ich's vergesse: Gestern Abend habe ich mal wieder meine Wohnung aufgeräumt und da fiel mir ein Buch in die Hände, das ich vor fünfzehn, zwanzig Jahren gelesen hatte, damals, im Studium. Und es stand auch eine Widmung darin." Er blickte Burkhard erwartungsvoll an. „Jaroslav Kaminski. Aus dem Leben eines Fauns. Na, klickt's bei dir?"

Burkhard aber hatte nicht die geringste Ahnung. Er lächelte.

„Hm, also, ehrlich gesagt ..."

„Na, dann denk mal ganz scharf nach." Burkhard tat so, als dächte er tatsächlich nach. „Nee, ich komm nicht drauf!", sagte er nach einer angemessenen Denkpause.

„Ein Buch für den Bucher. Alles klar?" Burkhard wurde heiß; nichts war klar, gar nichts. Was sollte das heißen – ein Buch für den Bucher? Dann erst fiel ihm Martins Nachname ein, und er begriff das etwas laue Wortspiel.

„Von dir, mein Lieber!" Bucher lachte, Burkhard lachte mit. „Du hast es mir damals zum Geburtstag geschenkt, zum einundzwanzigsten, glaub ich. Mensch, du hast mich damals zum Lesen gebracht! Dafür bin ich dir noch heute dankbar." Endlich fiel es Burkhard wieder ein: Er hatte damals einiges von diesem Jaroslav Kaminski gelesen. Bucher hatte sich anfangs über diese über Burkhards Leselust amüsiert. Aber je besser sie sich kennenlernten, desto mehr begann sich auch Bucher für Literatur zu interessieren. Burkhard hatte bemerkt, dass der ganz anders las als er: Bucher zitierte andere Passagen, deutete sie auch anders (*aber nicht unbedingt falsch, nur eben anders*) und erwies sich überhaupt als origineller Interpret der Bücher. Bucher war literarisch unverbildet und ging mit frischem Blick an die Dinge. Burkhard konnte manches von ihm lernen, nicht nur in Sachen Literatur.

Jaroslav Kaminski hatte er seit Jahren nicht mehr angerührt und er fragte sich, ob Bucher den noch immer las. Irgendwann hatte er genug von dessen kraftmeierisch-bildungspotenter Prosa. (*Diesen Ausdruck – woher hatte er den? Von Bucher? Nein, Unsinn, wieso ausgerechnet von dem? Jedenfalls fand er es passend.*) Deshalb hatte er den Kaminski tatsächlich von heute auf morgen beiseitegelegt und seitdem nicht mehr gelesen.

„Sag mal, liest du den eigentlich immer noch?", fragte Burkhard jetzt. Das klang allerdings etwas merkwürdig, fast so, als hätte er damit andeuten wollen, ob Bucher etwa noch immer nicht dahintergekommen war, dass dessen Leidenschaft für Kaminski nichts weiter als ein Irrtum oder zumindest ein Tick war.

Bucher aber war nicht im Mindesten gekränkt, er nickte und meinte: „Klar, dem halte ich die Treue. Einmal verliebt, immer verliebt." Er lachte und legte den Kopf dabei etwas in den Nacken, sodass Burkhard die makellosen Zähne von Bucher sehen konnte.

„Wie geht's eurer Kleinen?", wollte Bucher wissen.

„Katharina? Die macht sich. Ist'n echter Goldschatz!"
Plötzlich merkte Burkhard, dass er keine Lust mehr hatte, sich zu unterhalten, in diesem Restaurant zu sitzen, keine Lust auf Bucher, warum auch immer; am liebsten wollte er jetzt aufstehen und gehen, einfach weggehen, in den Park oder sonst wohin.

Herrje, was war los? Er riss sich zusammen; bestimmt war er einfach überarbeitet. Um vier hatte er seine Vorlesung, er war fast glücklich bei dem Gedanken, dass dann der Tag gelaufen war und dass keine weiteren Verpflichtungen auf ihn warteten.

Seltsam, aber dieses Gefühl gab ihm jetzt die nötige Energie und das Durchhaltevermögen für das Essen und die Unterhaltung mit Bucher. Es wurde sogar noch recht amüsant, und um halb vier machte sich Burkhard auf den Weg zur Uni.

Im Auto drehte er das Radio an und summte vor sich hin. Ich kann mich immer noch überraschen, dachte er erleichtert und vergnügt.

3

Vor seinem Büro in der Uni warteten bereits zwei Studenten. Die Gesichter kannte er, nur mit den Namen haperte es bei ihm, wie so oft. Er nickte ihnen zu und bat sie beide in sein Büro, obwohl er heute keine Sprechstunde hatte. In zwanzig Minuten begann seine Vorlesung, und er hoffte, dass sie ihn jetzt nicht allzu lange aufhalten würden.

Der Erste, ein junger, pickeliger Mann mit langen Haaren, die er mit einem roten Haushaltsgummi zu einem Zopf gebunden hatte, bat um Verlängerung der Abgabe einer geplanten Publikation. Burkhard nickte und wandte sich dann gleich dem anderen Studenten zu, einem groß gewachsenen, dürren, ja schon mageren Burschen; der hatte dasselbe Anliegen und auch hier gab Burkhard seine Einwilligung. „Aber bitte nicht später!", gab er ihnen mit auf den Weg. Zu seinem Erstaunen blieb die Tür offen, und als er schon aufstehen wollte, um sie wieder zu schließen, stand eine junge Frau in seinem Büro (*wie eine dea ex machina stand sie da plötzlich, er hatte sie gar nicht eintreten sehen oder hören*).

Ihren Namen kannte er, Lisa hieß sie (*oder doch Lise? Er war jetzt nicht ganz sicher*). Sie kam aus Island und studierte für ein Jahr an dieser Uni. Ob sie intelligent war, wusste Burkhard noch nicht, aber fleißig war sie jedenfalls. Überdies sprach sie sehr gutes Deutsch, wieso und warum wusste er nicht. Lisa/Lise wohnte in Burkhards unmittelbarer Nachbarschaft zur Untermiete, er war ihr schon einige Male auf der Straße begegnet. Constanze, Burkhards Frau, war mit Birgit, gewissermaßen der Vermieterin von Lisa/Lise, befreundet.

„Herr Professor, ich kann heute nicht zu Ihrer Vorlesung kommen", flüsterte sie und trat dabei einen Schritt zurück. Burkhard lächelte, fast gerührt darüber, dass sie tatsächlich deswegen hier erschien.

„Deshalb brauchen Sie aber nicht zu mir ins Büro zu kommen. Es ist vollkommen Ihre Sache, ob Sie meine Vorlesung besuchen oder nicht."

„Das weiß ich wohl, aber ich möchte nicht, dass Sie auf falsche Gedanken kommen." Die junge Frau trat nun wieder einen Schritt auf ihn zu.

Auf falsche Gedanken? Was sollte das jetzt heißen? Was waren denn die richtigen Gedanken?

„Machen Sie sich keine Sorgen, ich freue mich, wenn Sie das nächste Mal wieder erscheinen." Die junge Frau lächelte nervös.

„Es ist nämlich so, dass ich um vier einen Termin zum Babysitting habe. Eigentlich habe ich schon vor einer Woche gekündigt, aber der Junge, den ich betreue, ist krank, die Eltern sind im Urlaub und nun ist er bei den Großeltern und die haben mich eben angerufen, weil der Junge unbedingt mich sehen will. Na ja, was macht man nicht alles für so einen kleinen Buben, oder?" Sie lächelte und fügte dann hinzu: „Und für sieben Euro in der Stunde!"

„Machen Sie sich keine Sorgen", meinte Burkhard, „gehen Sie zu dem Jungen und machen Sie ihn wieder gesund!" Er lächelte und als sie wieder gegangen war, schaute er nach, wie sie hieß. Lisa-Marin Gudmundsdóttir war ihr Name. Lisa also. Nicht Lise.

Lise gefiel ihm besser.

Es war zehn nach vier, Zeit für die Vorlesung.

4

Burkhard hatte es eilig. Er hatte versprochen, um sechs zurück zu sein, damit Petra, die Babysitterin, pünktlich gehen konnte. Jetzt war es fünf vor sechs.

Zwanzig Minuten später stand er im Hausflur, Petra saß im Wohnzimmer und schaute fern.

„Hallo, Herr Sperber. Katharina schläft!", rief sie vom Sofa aus zu ihm herüber, schaute dabei nur kurz in seine Richtung und drehte ihren Kopf dann wieder in Richtung Fernseher.

„Prima", rief Burkhard zurück, hängte seinen Mantel auf und ging in die Küche. Offenbar hatte es Petra weniger eilig, als er dachte. „Musst du gar nicht los? Meine Frau meinte heute Morgen ..."

„Ich? Nein, das hat sich zerschlagen."

„Das hat sich zerschlagen?"

„Ja, eigentlich hatte ich gedacht, um halb sieben in der Stadt sein zu müssen. Die Buchhandlung, in der ich bald lerne, wollte eine Lesung mit Frank Witzel, dem mit dem deutschen Buchpreis, veranstalten. Aber der ist jetzt krank, und das Ganze fällt ins Wasser." „Soso. Seit wann weißt du das denn?" Burkhard stand jetzt in der Wohnzimmertür.

„Seit drei oder so."

„Seit drei oder so? Petra, das nächste Mal sagst du so etwas früher, ja?! Und ausgerechnet wegen Frank Witzel. Dann muss ich hier nicht um sechs Uhr Gewehr bei Fuß stehen."

„Gewehr bei Fuß ist gut!", lachte Petra; es schien, als hätte sie den ernsten Ton in seiner Stimme gar nicht wahrgenommen.

Burkhard winkte ab, ging zurück in die Küche und goss sich ein Wasser ein. Wie selbstbewusst die jungen Leute heutzutage sind, dachte er nicht ohne Neid.

„Wenn du willst, kannst du schon gehen", rief er aus der Küche in's Wohnzimmer hinüber. „Ich bin ja jetzt hier."

Er setzte sich in den großen Sessel dem Sofa gegenüber, auf dem Petra mehr lag als saß, und stellte das Wasser vor sich auf den Tisch.

„Der Film hat vor einer Stunde begonnen, ich würde gern noch das Ende sehen. Kann ich noch ein bisschen bleiben?"

„Ja, von mir aus. Allemal besser als Witzel - Die Erfindung der Roten Armee Fraktion durch einen manisch-depressiven Teenager im Sommer 1969". Buchtitel konnte er sich besser merken als Namen. Er stand auf und ging die Treppe hinauf in Katharinas Kinderzimmer. Die Kleine lag etwas verdreht in ihrem Bettchen und schlief. Sie atmete gleichmäßig ein und aus, ihr kleiner Körper hob und senkte sich. Burkhard sah ihr eine ganze Weile beim Schlafen zu. Wie beruhigend das war! Er hätte noch ewig hier stehen können, allerdings hörte er jetzt Petra von unten rufen und ging dann zurück ins Wohnzimmer.

„Der Film ist schon zu Ende, ich gehe jetzt."
Er begleitete sie zur Tür.

„Haben Sie eigentlich schon einen Ersatz für mich gefunden?", fragte sie, als sie im Flur standen. „In vierzehn Tagen fängt meine Ausbildung an."

„Ich weiß. Meine Frau kümmert sich darum. Ich glaube, sie hat auch schon jemanden gefunden."

„Ihre Kleine wird mir fehlen." Petra blickte tatsächlich etwas traurig, öffnete dann die Tür und trat hinaus. „Bis nächste Woche dann!"

„Ja, mach's gut, Petra, bis nächste Woche."

Um sieben kamen die Nachrichten. Burkhard schlief noch bei der ersten Meldung ein.

Es dauerte nicht lang, bis die Kleine von oben schrie. Sofort war er wach und lief eilig zu ihr ins Zimmer. Katharina stand in ihrem Bettchen, die Hände am Gitter, und schrie. Burkhard nahm sie heraus und versuchte sie zu beruhigen, indem er sie in seinen Armen hin und her wog. Es half nichts, sie schrie weiter. Er sprach beruhigend auf sie ein, ging mit ihr zum Fenster und ließ die Kleine hinausschauen, als gäbe es da draußen etwas zu sehen. Aber der Blick in den großen

Garten war eher trostlos, außerdem konnte man angesichts der einsetzenden Dämmerung ohnehin nicht mehr so viel erkennen.

Wie weit kann eigentlich so ein einjähriges Baby sehen, fragte er sich. Sieht sie die Straße und die parkenden Autos auf der anderen Seite? Er dachte daran, dass das Gedächtnis erst ungefähr mit dem dritten Lebensjahr einsetzt – jammerschade, was man da alles vergaß! Er hörte jetzt, wie die Haustür geöffnet wurde und ins Schloss fiel. Constanze war also wieder zurück. Er hörte sie die Treppe heraufkommen, drehte sich mit der Kleinen im Arm zur Tür und erwartete seine Frau.

5

Constanze war nicht allein, sie hatte jemanden mitgebracht. Burkhard war einigermaßen überrascht, als er sah, wer dieser Jemand war: Lisa-Marin, seine
Studentin - oder auch seine Nachbarin, wenn man so wollte.

Die beiden Frauen lachten jetzt, als sie Burkhard etwas ratlos mit dem schreienden Kind auf dem Arm im Zimmer stehen sahen. Und dann war es Lisa-Marin, die auf ihn zukam und ihm die Kleine abnahm, ihre geübten und sicheren Handgriffe beeindruckten Burkhard, der ihr das Kind bereitwillig überließ.

„Du, ich war eben bei Birgit drüben", meinte Constanze, noch immer mit einem Grinsen auf dem Gesicht. „Lisa wohnt ja seit ein paar Monaten bei ihr." „Ich weiß das wohl", erwiderte Burkhard und stand jetzt etwas verloren im Zimmer herum.

„Sie hat mir erzählt, dass sie auf den Kleinen von Johanna aufpasst."

„Aufgepasst hat!", korrigierte Lisa-Marin lachend. Längst hatte sie Katharina beruhigt und schaukelte sie rhythmisch hin und her.

Burkhard war überfordert. Wer um Himmels willen war jetzt wieder Johanna? Constanze schien die halbe Welt zu kennen, sie jonglierte mit Namen und Daten und Fakten und Geschichten, sodass er oft zwischen Staunen und Genervtheit schwankte. Er selbst konnte sich nicht halb so viele Namen merken (*bildete sich allerdings hartnäckig ein, er könnte, wenn er nur wollte, aber er wollte eben nicht. Allerdings war ihm auch oft schon aufgefallen, dass er eben nicht konnte, selbst wenn er wollte, aber dafür hatte er jedes Mal eine Menge Gründe parat.*). Er überlegte kurz, ob er fragen sollte, um wen es sich jetzt bei dieser Johanna handelte, ließ es dann aber bleiben.

„Petra fängt doch demnächst ihre Ausbildung an", meinte Constanze. „Und da hab ich mir so gedacht, dass die Lisa stattdessen auf Katharina aufpassen kann. Was meinst du?" Constanze schaute erst ihn, dann Lisa-Marin an. Was blieb ihm jetzt noch anderes übrig, als ihrem Vorschlag zuzustimmen?

„Ja, tolle Idee", sagte Burkhard und versuchte, dabei weder zu nüchtern noch zu euphorisch zu klingen. Er wusste nicht, was er davon halten sollte, dass eine seiner Studentinnen zukünftig auf sein Kind aufpasste. War das überhaupt erlaubt? Er würde sich da einmal erkundigen müssen. Andererseits schien Katharina sie zu mögen, inzwischen war sie sogar in Lisa-Marins Armen eingeschlafen, was ihm selbst bisher eher selten gelungen war.

„So, ich muss wieder rüber", meinte Lisa-Marin. „Karriere machen." Es war ihm nicht klar, ob sie diese Vokabel wirklich so souverän ausgewählt hatte, wie sie sie aussprach.

Lisa-Marin lächelte Burkhard zu und reichte Constanze die schlafende Katharina wie ein erfolgreich beendetes Werk.

„Ich bringe Sie zur Tür." Burkhard begleitete Lisa-Marin nach unten. Als sie ihm die Hand gab und sich von ihm verabschiedete („Schönen Abend noch, Herr Professor!"), wusste er, dass er sich doch nicht informieren würde, ob es einem Hochschullehrer erlaubt war, eine seiner Studentinnen als Babysitterin zu engagieren.

6

Constanze stand in der Küche und schälte Kartoffeln. Sie liebte Bratkartoffeln und aß sie dann mit Speck und Gurken. Das tat sie mindestens alle vierzehn Tage, manchmal auch zweimal in der Woche.

Als Burkhard ihr dabei zusah (*er stand hinter ihr in der Tür*), fiel ihm auf, dass Constanze die Kartoffeln in einer Art und Weise schälte, die ihr vollkommen entsprach. Konzentriert und entschlossen ging sie da zu Werke. Das Messer (*sie schnitt lieber mit einem Messer, statt einen Schäler zu benutzen*) raspelte flink die Schale fort; selten schnitt sie sich und selten war noch Schale an der Kartoffel zu sehen, wenn sie fertig war. Dann wusch sie die Kartoffeln und schnitt sie in Scheibchen. Auch hier wieder zeigte sie, „wie sie ist" (*so jedenfalls formulierte es Burkhard für sich*): Es dauerte keine zwei Minuten, da hatte Constanze ganze Arbeit geleistet – die Kartoffeln waren in atemberaubender Geschwindigkeit in gleich dünne Scheiben geschnitten, das Holzbrett war übersät damit (*und wie immer dachte Burkhard, wer in aller Welt soll das alles essen?*). Constanze ließ die Scheibchen geschickt in die Pfanne mit der heißen Butter rutschen, in der schon der Speck brutzelte.

„Isst du was mit?", fragte sie und öffnete dabei den Küchenschrank, in dem die Teller standen. Burkhard schüttelte den Kopf. Constanze aber deckte dann doch für zwei; sie wusste, dass er meistens Appetit bekam, wenn sie erst einmal aß.

„Nettes Mädchen, diese Lisa", meinte sie und holte die Gurken aus dem Kühlschrank.

„Stimmt", erwiderte Burkhard und setzte sich an den Tisch. Constanze kam mit dem Gurkenglas zurück, öffnete es und pickte mit der Gabel drei kleine Gurken heraus, die sie nebeneinander auf ihren Teller legte. „Weißt du, was sie mir neulich erzählt hat?"

„Wann neulich?" Burkhard nahm die Gabel und nahm sich ebenfalls eine Gurke aus dem Glas. Wie oft sah sie diese Lisa eigentlich?

„Gestern, glaube ich, oder vorgestern, ist ja auch egal. Das letzte Mal jedenfalls, als ich drüben bei Birgit war."

„Und – was hat sie denn erzählt?"

Constanze stand auf und verschwand in der Küche. „Du scheinst ja mächtig Eindruck zu machen auf deine Studenten", rief sie aus der Küche herüber.

Burkhard biss ein Stück von der Gurke ab.

„Wie meinst du das?"

„Ich meine gar nichts." Constanze kam jetzt mit der Pfanne voller Bratkartoffeln zurück und grinste. „Ich hab dich ja noch nie in der Uni gehört. Aber Lisa meinte, du seiest der einzige Prof, dem man wirklich gern zuhört."   „Soso." Burkhard wollte so lakonisch wie möglich bleiben und nicht zeigen, wie sehr es ihm schmeichelte. „Ja – soso." Constanze legte ihm ungefragt ein paar Bratkartoffeln auf den Teller. „Sie meinte, du seiest in der Lage, auch die vertracktesten Dinge verständlich zu machen. Und du könntest dich so toll ausdrücken. Und ... und ... und ... Du, die hat wirklich geschwärmt von dir!" Sie lachte, und er überlegte kurz, ob es ein stolzes Lachen war oder ein Lachen, das ihm sagte: Ich weiß genau, wer du wirklich bist, mir kannst du nichts vormachen!

„Hat sie das?!" Burkhard blieb noch immer betont nüchtern.

„Ja, hat sie. Stell dir vor!" Constanze lachte wieder und fing an zu essen. „Ist sie eigentlich eine gute Studentin?" „Lisa? Auf jeden Fall ist sie fleißig. Sie ist mir noch nicht wirklich aufgefallen. Sie ist immer da, aber ich habe sie noch gar nicht richtig bemerkt. Heute habe ich mich zum ersten Mal überhaupt mit ihr unterhalten. Sie kam in mein Büro, um sich für die nächste Vorlesung abzumelden. Sie musste babysitten."

„Nur deswegen ist sie zu dir gekommen?" Constanze staunte. „Ich glaube, sie ist genau die Richtige für Katharina, meinst du nicht? Zumindest ist sie sehr verantwortungsbewusst."

„Ja, mag sein. Die Frage ist nur, ob ich das darf, ich meine, eine meiner Studentinnen als Babysitterin zu engagieren." Eigentlich war dieses Thema für ihn schon abgehakt, aber er wollte doch sichergehen, dass auch Constanze keinerlei Bedenken hatte.

„Muss ja niemand erfahren." Ihr Teller war inzwischen leer, sie nahm sich einen Nachschlag. „Du weißt ja: Was ich nicht weiß, ..."

„Okay, aber habe kein so gutes Gefühl."

„Mister Bedenkenträger." Sie grinste und legte ihre Hand auf seine. „Ich bin jedenfalls froh, dass wir endlich jemanden für Katharina gefunden haben. Und Birgit ist ganz begeistert von Lisa-Marin. Wie spät ist es eigentlich?"

Burkhard sah auf die Uhr. „Neun Uhr gleich."

„Oje, ich muss noch telefonieren! Ich habe Franziska versprochen, sie anzurufen. Sie hat gerade Liebeskummer." Constanze pickte jetzt vier Bratkartoffeln gleichzeitig auf und kaute eilig; dann stand sie auf und ging zum Telefon. Burkhard wusste weder wer diese Franziska war noch warum sie Liebeskummer hatte. Es interessierte ihn auch nicht. Dann plötzlich fiel es ihm doch noch ein: Franziska war eine ehemalige Kollegin aus der Agentur, in der Constanze arbeitete (*und prompt bildete er sich etwas darauf ein, dass ihm das noch eingefallen war. Hatte er sich nicht sogar einmal auf einer Party länger mit ihr unterhalten?*).

„Grüß schön", meinte er dann etwas übermütig und erntete einen verständnislosen Blick.

Für mindestens die nächste halbe Stunde würde Constanze beschäftigt sein, so viel stand fest. Sie telefonierte leidenschaftlich gern, ganz im Gegensatz zu Burkhard, der sich regelmäßig kurzfasste, ganz gleich, mit wem er telefonierte. Er aß die restlichen Bratkartoffeln auf, deckte den Tisch ab und gab Constanze ein Zeichen, dass er noch spazieren gehen würde. Sie nickte und winkte ihm zu, während sie weitersprach.

Burkhard liebte seinen abendlichen Spaziergang, den er selbst dann noch machte, wenn er erschöpft spätabends nach Hause kam. Er hatte sozusagen für jede Zeit und jeden Zustand eine ganz bestimmte Runde. War er ausgeruht, ging die „große Runde" (*so nannte er es*) bis zum kleinen Park und zurück (*Dauer: eine gute Dreiviertelstunde*); bei leichter Erschöpfung reduzierte er den Spaziergang bis zum anderthalb Kilometer entfernten Spielplatz und kehrte dann um (*etwa fünfunddreißig Minuten*); matt und müde ging er bloß bis zu dem Restaurant, in dem er mit Constanze gelegentlich aß. Es war ein kleines italienisches Lokal mit sechs Tischen und lag etwa siebenhundert Meter von ihrem Haus entfernt. Der Spielplatz, Wendepunkt der mittleren Strecke, lag auf demselben Weg und manchmal verlängerte Burkhard kurz entschlossen seinen Gang bis dort.

Heute wollte er bis zum Spielplatz gehen, das sollte reichen. Constanze, so hoffte er, wäre bis zu seiner Rückkehr fertig mit Telefonieren.

Es war ein milder Spätsommerabend Ende September. Burkhard genoss die Stille und das Alleinsein und überlegte, ob er nicht sogar den Weg zum Park einschlagen sollte, ließ es dann aber bleiben.

Einmal lief eine Katze mit schwarz-weißem Fell fünf Meter vor ihm über die Straße. Unwillkürlich blieb er stehen, ebenso die Katze. Sie blickten sich beide an und verharrten regungslos, bis das Tier schließlich seinen Weg fortsetzte und im nächsten Gebüsch verschwand.

Nach zehn Minuten kam er an einigen Schrebergärten vorbei. In einer der Hütten wurde gefeiert, schon von Weitem konnte er Stimmen, Gelächter und Musik hören. Bloß weiter, dachte Burkhard, und beschleunigte das Tempo; der Weg vorbei an diesen Gärten gehörte ohnehin zu jenem Teil des Spaziergangs, auf den er gern verzichten würde. Er mochte diese Kultur, die hier herrschte, nicht sonderlich, diese Vereinsmeierei, dieses Zusammenhocken in der Enge, diese biedere Wochenendbeschaulichkeit.

Der Lärm wurde lauter und dann hatte er die Terrasse erreicht, auf der gefeiert wurde. Mindestens dreißig Leute standen da und grölten, überwiegend junge Leute, wie es schien. Er schaute weg (*einmal nämlich, im letzten Sommer, war er aufgefordert worden mitzufeiern, und ehe er sich versah, hatte man ihm eine Flasche in die Hand gedrückt. Dazu kam, dass ihn einer der Leute erkannte, es war ein*

Patient von ihm, der dann nicht nur ihm, sondern allen Anwesenden detailliert seinen Fall schilderte und mehrfach darauf hinwies, mit was für einem famosen Arzt man hier gerade trank).

Plötzlich sah er zehn Meter vor sich ein Pärchen, es saß auf einer Bank und küsste sich. Die beiden hatten Burkhard noch nicht bemerkt; dann erkannte er das Mädchen und blieb stehen: Es war Lisa-Marin. Kein Zweifel, schließlich hatte er sie vor kaum zwei Stunden noch gesehen, sie trug noch immer die beige, enge Hose und das blaue T-Shirt wie vorhin. Er stand da und beobachtete die zwei, bis ihm bewusst wurde, wie albern das aussehen musste, wie er regungslos an der Hecke stand. Gerade als er umdrehen und den Weg zurückgehen wollte, kamen ihm Leute entgegen, Partygäste offenbar, sie hielten eine Flasche in der Hand und riefen ihm etwas zu, das er nicht verstand und nicht verstehen wollte. Das Einzige, was er jetzt wollte, war zu verschwinden, und zwar ohne großes Aufsehen zu erregen, und vor allem so, dass Lisa-Marin ihn hier nicht sah.

Und zum Glück gelang es; er lief eilig an den jungen Leuten vorbei und schlug den nächsten Weg nach rechts ein, der ihn fort von den Schrebergärten führte. Der Lärm wurde schwächer, nur hin und wieder hörte er noch jemanden rufen oder lachen.

Hatte Lisa-Marin nicht behauptet, sie müsse noch lernen? Er kam sich vor wie betrogen. Vielleicht war sie doch nicht so redlich und verantwortungsbewusst, wie sie schien? Gleichzeitig war es lächerlich, wie ihn diese Sache jetzt beschäftigte. Herrgott, er kannte doch dieses Mädchen kaum, es war eine seiner Studentinnen, was maß er sich an, über sie zu richten, schließlich konnte sie tun und lassen, was sie wollte, er war doch nicht ihr Vater!

Trotzdem blieb ein ungutes Gefühl. Wie spät war es eigentlich? Er sah auf die Uhr. Kurz nach halb zehn. Wenn er jetzt noch bis zum Spielplatz ginge, würde er nicht vor Viertel nach zehn zurück sein. Egal, Constanze telefonierte sicherlich noch und würde ihn kaum vermissen. Er schlug also nun einen anderen Weg zum Spielplatz ein und versuchte, sich zu entspannen. Aber die Stimmung war doch irgendwie dahin, diese gemütliche Spazierstimmung, immer auch gepaart mit einer Portion Neugier *(er spähte nämlich beim Vorbeilaufen gern in fremde Fenster)*; ja, diese Stimmung war fort, futsch, vorbei und damit eigentlich auch der Sinn seines Spaziergangs, der ihn normalerweise Schritt für Schritt erleichterte und ihn befreite von allem Gedankenballast, von Stress und Unruhe. Nun indes war er beschäftigt und abgelenkt auf unschöne Weise, und das beschwerte seinen Gang.

Aber er setzte ihn dennoch fort, und als er eine knappe Dreiviertelstunde später zurückkehrte, hatte er den Vorfall bei den Schrebergärten schon fast abgehakt und verlor auch gegenüber Constanze, die just in dem Moment den Hörer auflegte, als er die Haustür schloss, kein Wort darüber.

7

Am nächsten Morgen weckte ihn der Regen, der gegen die Schlafzimmerscheibe trommelte. Hieß es gestern nicht noch in den Nachrichten, dass es heute ein sonniger Tag würde?

Burkhard stand auf, Constanze schlief noch, er ließ sie schlafen, es war erst halb sechs. Er warf einen Blick in das

Nachbarzimmer, in dem Katharina schlief, und ging dann nach unten.

Die Ruhe, die ihm gestern während des Spaziergangs genommen worden war, holte er sich jetzt zurück – machte sich einen Kaffee, setzte sich in die Küche, las die Zeitung vom Vortag (*er war gestern nicht zum Lesen gekommen*) und genoss die Stille. Plötzlich fiel ihm die Katze ein, die ihm gestern auf seinem Spaziergang begegnet war, diese schwarz-weiß gefleckte Katze. Hatte er nicht immer ein Haustier haben wollen? Und Katzen, so hieß es doch, seien pflegeleicht und bräuchten nicht fortwährend Gesellschaft. Außerdem waren sie nicht laut und hatten ihren eigenen Kopf. Auch das gefiel ihm.

Je länger er darüber nachdachte, desto entschiedener wurde er, sich eine Katze anzuschaffen. Er wusste, dass eine der Nachtschwestern eine Katze hatte, die würde er einmal fragen, was es alles zu bedenken gab.

Von oben hörte er jetzt Geräusche, eine Tür wurde geöffnet, er hörte Schritte, Katharinas Weinen, Constanzes Stimme. Der Tag begann.

Ein paar Minuten später ging Burkhard nach oben; Constanze war im Bad, er hörte das Wasser laufen, die Tür zu Katharinas Zimmer war offen, das Baby saß in seinem Bettchen. Als sie Burkhard bemerkte, strahlte sie, er nahm sie in den Arm und drehte sich mit ihr um die eigene Achse. Katharina quiekte vor Vergnügen. „Guten Morgen!" Constanze stand nackt und mit nassem Haar in der Tür des Kinderzimmers; mit dem Kind auf dem Arm ging Burkhard zu ihr und gab ihr einen Kuss, setzte Katharina auf das Bett und verschwand im Bad. In knapp einer Stunde musste er in der Klinik sein.

Der Regen wurde stärker. Constanze hasste Regen, ihre Laune war entsprechend. Katharina sang und spielte mit einem Löffel. Heute brachte Constanze sie in die Kita, er würde also nicht länger als eine Viertelstunde bis zur Klinik brauchen.

„Wann kommst du zurück?", fragte Constanze, als er schließlich aufstand.

„Vor acht komme ich heute nicht raus", meinte er.

„Heute Abend ist Birgit zum Essen da, ich habe sie eingeladen. Es gibt Fisch. Wenn du nicht zu spät kommst, kriegst du auch noch etwas davon ab. Ach, und kannst du heute meinen Wagen nehmen? Ich brauche den Kombi für die Einkäufe. Die Schlüssel sind in meiner Handtasche!"

„Mach ich. Bis heute Abend!" Burkhard zog sich an, nahm seinen Schirm und die Schlüssel für den anderen Wagen, gab Constanze und Katharina einen Kuss und ging hinaus.

Es goss in Strömen, man konnte kaum fünfzig Meter weit sehen; er rannte mit dem aufgespannten Schirm zur Garage und setzte sich ins Auto. Als er den Schlüssel umdrehte und den Wagen startete, brüllte das Radio. Er erschrak und drehte es ab. Herrje, wie konnte man bloß so laut Musik hören?

Vorsichtig fuhr er aus der Garage. Gas und Bremse waren bei diesem Auto so ganz anders eingestellt als bei seinem, er brauchte immer ein paar Kilometer, um sich daran zu gewöhnen. Burkhard war noch keine hundert Meter gefahren, als er Lisa-Marin auf dem Fußgängerweg entdeckte. Er hielt an und drehte die Scheibe herunter: „Wohin soll's denn gehen, junge Frau?"

In dem Moment, als er „junge Frau" sagte, hatte er sich schon für einen Ton entschieden, mit dem er die Unterhaltung mit Lisa zu führen gedachte – professoral, aber aufgeschlossen, betont souverän, aber nicht altväterlich. Burkhard spürte Lisa-Marin gegenüber eine gewisse Vertrautheit, die sich allein dadurch speiste, dass er sich bereits gedanklich ein wenig mit ihr auseinandergesetzt hatte (*namentlich am Vorabend, als er sie auf seinem Spaziergang zu erkennen geglaubt hatte*). Aber so war das eigentlich schon immer gewesen mit ihm: Burkhard lernte jemanden kennen und machte sich seine Gedanken um diese Person, beschäftigte sich mit ihr (*gestern also: Wer ist dieser Mann, mit dem Lisa-Marin hier auf dieser Parkbank sitzt und den sie küsst – wo hat sie ihn kennengelernt? In der Uni, beim Sport, in der Kneipe? Wie ist das vonstattengegangen? Hat sie zu Hause, in Island, einen Freund? Was für Hobbys hat sie?*). Im Zuge dieser Beschäftigung entstand dann eine gewisse Vertrautheit, die in der Regel nur er besaß, nicht aber die andere Person. Und Burkhard fiel praktisch stets aufs Neue darauf herein und war prompt enttäuscht, wenn diese Vertrautheit nicht erwidert wurde, sondern erarbeitet und allmählich aufgebaut werden wollte. Lisa-Marin lachte: „Hallo, guten Morgen! Ich muss in die Uni!"

„Dann steigen Sie mal ein, wir haben denselben Weg. Wenn Sie sich erkälten, verpassen Sie auch meine nächste Vorlesung! Das kann ich unmöglich verantworten!" Er hörte sich selbst sprechen und kam sich dabei fremd und eben doch etwas altväterlich vor.

Der Regen hatte jetzt etwas nachgelassen. Burkhard fiel auf, dass Lisa-Marin dasselbe Parfüm benutzte wie Constanze. Sonderbar, dass er das nicht schon früher bemerkt hatte. Wieso überhaupt mussten Frauen …

„Rot!!", schrie Lisa-Marin. Burkhard schreckte aus seinen Gedanken auf und trat instinktiv auf die Bremse. Eigentlich kannte er auf diesem Weg sämtliche Ampeln. Lisa schaute ihn von der Seite an und meinte:

„Das passiert mir auch ständig, ich übersehe dauernd irgendwas. Ich bin nur eine gute Mitfahrerin."

„Dieses Ding stand gestern noch nicht hier!", meinte Burkhard scherzend, und zum Glück brachte er Lisa-Marin damit zum Lachen. Alles schien ihm heute zu eng, zu unübersichtlich, er hatte keinen klaren Blick. Der verfluchte Regen, noch dazu dieses Auto, das sich kaum fahren ließ!

„Ihre kleine Katharina, die ist wirklich ein Goldstück!", meinte Lisa jetzt. Die Ampel wechselte auf Grün, und Burkhard fuhr los, allerdings so spät, dass hinter ihm bereits ungeduldig gehupt wurde. Dafür gab er dann so viel Gas, dass die Räder durchdrehten. Verdammtes Auto, weshalb musste Constanze auch ausgerechnet heute seinen Wagen nehmen?

Gerade, als er etwas erwidern wollte, passierte das: Vor ihm war ein Zebrastreifen, ein junger Mann näherte sich ihm und Burkhard überschlug rasch, ob es wirklich nötig war, für den zu bremsen; er entschied, es nicht zu tun und musste dann erkennen, dass er doch hätte bremsen müssen, denn der Mann war bereits mit einem Schritt auf der Straße und winkte verärgert, als Burkhard haarscharf an ihm vorbeifuhr.

„Du Pisser!", schrie der Mann. Und in Burkhard stieg augenblicklich die Wut hoch über dessen übertriebene Verärgerung; noch im Rückspiegel sah er den Mann zeternd über die Straße gehen.

„Ja, das ist sie!", sagte Burkhard, als hätte es den Vorfall von eben gar nicht gegeben.

„Ganz schön knapp, Herr Professor!", meinte Lisa-Marin mit ironischem Unterton, doch Burkhard winkte bloß ab und versuchte, eine entspannte Miene zu machen. Im selben Moment dachte er: Die Sache entgleitet mir.

Zum Glück wollte ein paar Hundert Meter weiter jemand aus einer Parklücke am Seitenstreifen herausfahren; Burkhard bremste und gab ihm die Vorfahrt, damit war zumindest bewiesen, dass er nicht völlig kopflos fuhr. Es waren noch rund fünf Minuten bis zur Uni, bis dahin wollte er seine Scharten auswetzen und suchte dann geradezu nach entsprechenden Möglichkeiten – hielt bei gelben Ampeln, ging schon lange vor einem Zebrastreifen vom Gas, fuhr langsam und übertrieben umsichtig. Wo waren sie eigentlich eben stehen geblieben? Lisa blickte aus dem Seitenfenster, er musste jetzt etwas sagen. „Wie lange genau bleiben Sie in Deutschland?", wollte er wissen und blickte kurz zu ihr hinüber.

„Ich?", fragte sie, als gäbe es noch jemanden, den Burkhard gemeint haben könnte. „Bis nächsten Sommer!"

Die Straße war jetzt breit und übersichtlich, es regnete nicht mehr, Burkhard gab Gas.

„Gefällt mir, dass Sie für ein Jahr nach Deutschland gekommen sind", meinte er jetzt. „Es ist immer gut, andere Sprachen und Sitten kennenzulernen." Er machte eine ernste und anerkennende Miene, als er das sagte. „Auf jeden Fall!", erwiderte Lisa-Marin. „Aber um ehrlich zu sein, war es eine Entscheidung, die ich von jetzt auf gleich getroffen hatte."

„Von jetzt auf gleich? Wie meinen Sie das?"

Endlich hatte er den Bogen raus. Endlich hatte er die Kontrolle über das Auto und das nötige Gefühl für Gas und Bremse.

„Na ja, ich hatte mich im dritten Semester in Reykjavík in einen deutschen Austauschstudenten verliebt, der irgendwann zurück nach Deutschland musste. Und dann habe ich mich spontan entschieden, mit ihm zu gehen, und das war hierher, in diese Stadt."

Jetzt kam sogar die Sonne raus! Burkhard beschleunigte und fuhr über eine gelbe Ampel. Er konnte bereits die Uni sehen.

„Sind Sie denn noch zusammen?", fragte er.

„Nein. Ja. Ach, na ja, ist halt schwer zu sagen, es geht immer hin und her, vielleicht kennen Sie das!"

Was wollte sie ihm damit sagen? Vielleicht kennen Sie das? Aber irgendwie gefiel es ihm, dass sie das gesagt hatte. Drückte sich hierin nicht tatsächlich eine gewisse Vertraulichkeit aus? Er erinnerte sich an einen seiner Professoren, Burkhard war dessen bester Student gewesen. In einer der Sprechstunden fiel Burkhard auf, wie niedergeschlagen der Professor war und weil der sich keine Mühe gab, seine Stimmung zu verbergen, fragte ihn Burkhard kurzerhand, ob er etwas für ihn tun könne. Der Professor antwortete ihm: „Nein, Sie können nichts tun. Sie kennen ja die Frauen!" – Nach dieser Äußerung war nichts mehr wie vorher und für Burkhard gab es fortan eine Verbindung zwischen ihnen, eine Vertrautheit, auf die er stolz war.

„Ja, das kenne ich", meinte er und blickte zu ihr hinüber. „Irgendwann klärt sich alles von selbst, wissen Sie? Die meisten Probleme lösen sich dadurch, dass sie einfach verschwinden."

„Oh, das merke ich mir", sagte Lisa-Marin und schien ehrlich beeindruckt. „Das klingt gut: Die meisten Probleme lösen sich dadurch, dass sie einfach verschwinden."

Burkhard verschwieg, dass es sich bloß um ein Zitat handelte, das Martin Bucher neulich zum Besten gegeben hatte. Wenn er sich richtig erinnerte, war es ein Zitat von einem gewissen Wittgenstein. Burkhard hatte noch nie etwas von diesem Wittgenstein gehört, geschweige denn gelesen, aber den Namen hatte er sich gleich gemerkt.

„Lassen Sie mich hier schon raus, bitte." Lisa-Marin umklammerte schon ihre Tasche und schien es plötzlich sehr eilig zu haben. Burkhard bremste, allerdings wieder so stark, dass sie beide nach vorne kippten. Herrgott, nie wieder würde er mit diesem Auto fahren!

„Vielen Dank fürs Mitnehmen, und dann bis morgen in der Vorlesung!"

„Gern geschehen", erwiderte Burkhard, „bis morgen!" Er wartete einen Moment und blickte ihr nach. Und richtig: Lisa steuerte entschlossen auf einen großen, dünnen, jungen Mann zu und umarmte ihn freudig. Ob es derselbe Mann war, mit dem Lisa am Abend bei den Schrebergärten gewesen war, konnte er nicht erkennen.

Als er nach ein paar Minuten den Wagen auf seinem Parkplatz vor dem Krankenhaus abstellte, bemerkte er, dass die übliche Metamorphose, seine allmorgendliche Verwandlung, diesmal gar nicht stattgefunden hatte. Er war sozusagen der Gleiche geblieben wie der, der zwanzig Minuten zuvor in sein Auto gestiegen war.

8

Würde es jemand bemerken? Sähe man es ihm womöglich an? Er versuchte, das Ganze auf dem Weg zu seinem Büro sozusagen im Schnelldurchlauf nachzuholen, aber es war zwecklos.

Er zog sich in seinem Büro um und sah kurz in den Spiegel (*er sah aber aus wie immer*). Bei dem üblichen Gespräch mit dem diensthabenden Arzt hatte er den Eindruck, seine Stimme habe sich etwas verändert, sie war etwas höher als sonst, was Burkhard mit einem etwas strengeren Ton in der

Stimme auszugleichen versuchte. Einmal hatte er den Eindruck, der Kollege schaue ihn etwas verwundert an, aber vielleicht war das auch nichts weiter als eine Einbildung. Während der Visite der Privatpatienten gab er sich betont ernst und aufmerksam, so, wie auch bei der späteren Frühbesprechung mit den Kollegen.

Der Tag lief wie üblich, einige Operationen standen an, wobei er im Umgang mit seinen Assistenten ungeduldiger war als sonst. Später hatte er Sprechstunde, musste Telefonate führen, dann Visite bei den operierten Patienten, Büroarbeit. Am liebsten war er heute allein, ohne Gespräche, ohne Diskussion, ohne Erklärung, und als er am Abend das Krankenhaus verließ, atmete er auf, weil nichts passiert war, was ihn vollends aus der Bahn geworfen hatte.
Er freute sich auf Katharina, seine Tochter, auf ihre Stimme und den Duft ihrer Haare, freute sich auf einen ruhigen, entspannten Abend. Vielleicht gab es noch einen Film, den man sich anschauen konnte, bis ihm einfiel, dass Birgit, die Nachbarin, zum Essen kommen wollte. Wie spät war es jetzt eigentlich? Burkhard schaute auf die Uhr, es war halb acht. Birgit war sicherlich schon da. Seine Unlust auf ein abendliches Gespräch war gigantisch, und so fuhr er nicht nach Hause, sondern hielt vor einer Kneipe, in der er bisweilen einkehrte, wenn er seine Ruhe brauchte. Auch jetzt wieder hatte er seine Schwierigkeiten mit dem Wagen. So schnell würde er den nicht wieder nehmen, das stand jedenfalls fest!

Heute war nicht viel los in der Kneipe, vielleicht fünf oder sechs Leute verloren sich hier. Burkhard war es recht so. „Sein" Tisch hinten links in der Ecke war noch frei, und so nahm er Platz und bestellte bei der Kellnerin ein Bier. Im

Radio liefen Schlager, auch wenn er gegen diese Musik eine tiefe Abneigung empfand, hier mochte er sie, und manchmal ertappte er sich sogar dabei, wie er mitsummte, wenn er eines der Lieder kannte. Auf dem Nachbartisch lag eine Zeitung, er nahm sie und blätterte sie durch, ohne aber einen einzigen Artikel zu lesen. Plötzlich hörte er eine Stimme, die er kannte. Er brauchte einen Moment, bis er trotz des Akzents wusste, um wen es sich da handelte, obwohl er ja diese Stimme am Morgen dieses Tages bereits gehört hatte, denn diese Stimme gehörte niemand anderem als Lisa-Marin.

Sie trug eine Schürze und hielt ein Tablett mit Biergläsern in der Hand; offenkundig bediente sie hier. Jetzt kam sie zu seinem Tisch und erschrak fast, als sie ihn hier sitzen sah. Dann meinte sie: „Herr Professor, was machen Sie denn hier?"

„Ich operiere gleich den Wirt!" – Burkhard wunderte sich selbst über seine Schlagfertigkeit. Es war wie bei dem ersten Satz zwischen ihnen am Morgen desselben Tages („*Wohin soll's denn gehen, junge Frau?*"). – Dieser Satz entschied die Richtung, die Burkhard während des Gesprächs einzuschlagen gedachte. Auf alles Doktorhafte und Professorale würde er verzichten, das passte nicht.

Lisa lachte, wie man so sagt, aus vollem Halse. Sie stellte das Tablett auf seinen Tisch, weil es ihr beim Lachen tatsächlich zu entgleiten drohte. Ihr Lachen erfüllte die ganze Kneipe, die wenigen Gäste schauten sofort herüber, und Burkhard lachte mit einer Mischung aus Stolz über seinen Witz und Amüsiertheit mit, bis sich Lisa irgendwann wieder beruhigte.

„Bin gleich zurück!", meinte sie und trug die anderen beiden Biergläser zwei Tische weiter. Burkhard nahm einen tiefen Zug aus seinem Glas, und im nächsten Moment war

Lisa-Marin schon wieder an seinem Tisch. „Setzen Sie sich doch!", meinte Burkhard und rückte ihr einen Stuhl zurecht.

„Ich kann allerdings nicht lange bleiben", meinte sie, schaute kurz hinüber zur Theke, wo der Wirt stand und zapfte, und setzte sich.

„Was machen Sie noch alles außer Babysitten und Kellnern und Studieren?", fragte Burkhard. „Treten Sie auch im Zirkus auf? Oder spielen Sie Theater?" „Ja, genau das tue ich!" Burkhard lachte.

„Aber es stimmt! Also, ich trete jetzt nicht im Zirkus auf, aber ich spiele Theater. Im ‚Kellertheater'."

„Im ‚Kellertheater'?"

„Ja. Kennen Sie das?"

„Ja, ich war neulich mit einem Freund dort."

Vor einem Monat war er mit Martin Bucher im „Kellertheater" gewesen, wo sie eine scheußliche, geradezu dilettantische Inszenierung von Thomas Bernhards „Theatermacher" gesehen hatten. Das, freilich, verschwieg er jetzt.

„Was spielen Sie denn?"

„Zurzeit probe ich noch für das neue Stück. ‚Ich warte' heißt es, es ist das erste Stück eines vielversprechenden, jungen Dramatikers, Peter Rohmann heißt er." Sie blickte wieder kurz zum Wirt, der allerdings gerade telefonierte. „Premiere ist in knapp zwei Wochen, am 23.! Kommen Sie?"

„Das ist ein Samstag, oder?"

„Ja. Kommen Sie?"

„Ich komme." (*Er würde Martin Bucher fragen, ob er ihn begleiten wolle.*)

„Schön. Ich freu mich. Allerdings bin ich jetzt noch aufgeregter als sowieso schon." Sie kicherte. „Also: Peter Rohmann, ‚Ich warte', Premiere am 23. im ‚Kellertheater'", wiederholte sie. Dann stand sie auf. „Ich muss wieder", meinte sie und zuckte entschuldigend mit den Schultern. „Tschüss", sagte sie dann, als würde sie nicht nur seinen Tisch, sondern auch die Kneipe verlassen, und auch er sagte „Tschüss" und nickte ihr zu.

Es war jetzt Viertel nach acht. Alles war jetzt anders, alles war gut. Vergessen war der Tag; es war ihm, als finge der erst jetzt wirklich an. Burkhard trank das Bier aus, zahlte beim Kellner (*Lisa-Marin war jetzt nirgends zu sehen*) und ging.

Auf dem Weg nach Hause fuhr er den Wagen, als hätte er nie einen anderen gefahren, Bremse und Gas machten ihm plötzlich überhaupt keine Schwierigkeiten mehr. Zehn Minuten später war er am Ziel, und als er die Haustür öffnete, hörte er schon die Stimmen und das Lachen der Frauen. Er hängte seinen Mantel an den Haken, stellte seine Tasche an die Treppe und ging ins Esszimmer. Er freute sich auf den Fisch, auf die Unterhaltung und auf den Rest dieses Abends, der ihm – da war er sicher – gelingen würde.

9

Constanze und Birgit standen in der Küche; sie hatten Burkhard gar nicht kommen hören und erschraken ein wenig, als sie ihn plötzlich in der Küchentür stehen sahen. Birgit stieß sogar einen kleinen Schrei aus, woraufhin beide Frauen lauthals lachten (*„gackern", dachte Burkhard*). Er lachte mit, schaute dabei aus dem Fenster und vermutete, dass die beiden schon etwas getrunken hatten.

„Tag, Burkhard!", rief Birgit und küsste ihn auf beide Wangen. Er roch ihr schweres, süßes, Parfum, das er nicht besonders mochte, und wusste, dass dieser Duft noch die nächsten ein bis zwei Tage in der Wohnung liegen würde.

„Hallo, Schatz." Constanze umarmte ihn, ihre Hände rochen nach Fisch, und Burkhard stellte erstaunt fest, dass er plötzlich Lust auf sie bekam, obwohl ihn Fischgeruch normalerweise eher abstieß.

„Was gibt's denn Feines?", fragte er.

„Heilbutt in Kräutern, Tomaten mit Mangold gefüllt und Spiralkartoffeln." Birgit dozierte wie ein Küchenchef, der dem Gast das Essen servierte.

„Kannst uns helfen, wenn du willst!", meinte Constanze, drückte ihm ein Messer in die Hand und wies auf die Tüte mit den Kartoffeln, die auf dem Küchentisch lag.

Burkhard ging ins Esszimmer; die nächsten zehn Minuten war er mit Schälen beschäftigt; er hörte dabei Radio, verstand aber nicht viel, weil nebenan die Frauen lärmten. Burkhard mochte die Ausgelassenheit von Constanze, wenn sie in Gesellschaft war. Sie konnte dann richtig durchatmen und Kraft schöpfen. Bei ihm war es genau andersrum, er brauchte seine Ruhe, um zu entspannen und um Energie zu tanken. Gesellschaft war für ihn stets eine Herausforderung, war ein kleiner Aufwand, war Mühe. Gespräche mit Fremden stets ein kleines Abenteuer und Wagnis. Gespräche mit Patienten und den meisten seiner Kollegen waren davon allerdings ausgenommen, da lief alles von ganz allein.

Es schmeckte großartig, Constanze war eine exzellente Köchin. Es kam, wie er gedacht hatte: Der Abend war ein durchweg gelungener, sie saßen lange beisammen, sie lachten viel, und am Ende hatten sie nicht nur alles aufgegessen, sondern auch mehr als zwei Flaschen Wein getrunken. Es war kurz vor halb zwölf, als Birgit schließlich aufbrach. Sie brachten sie zur Tür.

„Macht's gut, und danke für den Fisch!"

Constanze fing plötzlich an zu lachen: „Hast du das jetzt extra gemacht?!"

„Was?" Birgit war irritiert. Auch Burkhard hatte keine Ahnung, worauf Constanze hinauswollte.

„Du hast gerade ein Buch von Douglas Adams zitiert, und zwar wortwörtlich: ‚Macht's gut, und danke für den Fisch'."

„Douglas wer? Kenn ich nicht!!" Birgit und Constanze lachten jetzt so laut, dass man es sicher noch zwei Straßen weiter hören konnte. Ja, sie krümmten sich vor Lachen, Birgit hielt sich an der Hauswand fest und drückte dabei versehentlich auf die Klingel. Schlagartig wurden alle still und horchten, ob Katharina wach würde, aber es blieb ruhig.

Birgit wandte sich an Burkhard: „Die Lisa, die kennt den bestimmt. Die kennt so ziemlich alles. Hat sie euch mal erzählt, dass sie selbst einen Roman geschrieben hat?"

„Wer? Die Lisa?" Constanze lallte ein bisschen, man konnte es kaum überhören.

„Ja, die Lisa-Marin. Der Roman war sogar ziemlich erfolgreich in Island." Burkhard fragte sich, was bei insgesamt 320.000 Isländern erfolgreich bedeuten könnte.

„Worum geht's denn in dem Buch?", wollte er wissen. Die Sache interessierte ihn.

„Ach, keine Ahnung, du. Frag sie doch. Nimmst du sie morgen früh eigentlich wieder mit in die Uni?"

Burkhard bekam einen roten Kopf. Er merkte, wie ihn Constanze von der Seite ansah.

„Wieso wieder?" Er lachte etwas übertrieben. „Ich hab's einmal gemacht. Wir sind uns heute Morgen zufällig …"

„Kinder, ich muss los!", unterbrach ihn Birgit und verabschiedete sich von den beiden.

„Interessantes Mädchen, diese Lisa-Marin", meinte Constanze, als sie den Tisch abräumten. „Was die alles macht!" Sie schaute zu ihm herüber, als sie das sagte, er sah es aus den Augenwinkeln und hörte eine winzige Spur Eifersucht heraus. Burkhard nickte, pflichtete ihr bei und fragte dann: „Sag mal, meinen Wagen brauchst du morgen nicht, oder?"

„Ich? Nee. Wieso? Mag Lisa ihn nicht?" Er sah zu ihr hinüber, sie zwinkerte ihm zu und lachte, und dann lachten sie beide.

Es war Viertel nach zwölf, als sie endlich im Badezimmer standen und sich die Zähne putzten. Burkhard fühlte sich leicht und schwebend, noch immer lag ihm der Wein im Blut. Er mochte diesen Zustand.

Als Constanze ins Schlafzimmer kam, lag er schon im Bett. Sie kuschelte sich an ihn, Burkhard lag mit dem Rücken zu ihr und bemerkte, dass sie nackt war, er spürte ihre Brüste an seinem Rücken. Augenblicklich bekam er Lust und drehte sich zu ihr um.

Er sah die wunderbar glatt rasierte Haut zwischen ihren Schenkeln, küsste sie und strich ihr dabei mit der Hand über den Arm. Er spürte ihre Hand an seinem Bauch, das Gefühl machte ihn schwindelig; die Vorfreude, dass sie ihn gleich überall küssen würde, nahm ihm den Atem. Mit Constanze funktionierte alles so wunderbar! Auf sie konnte er sich verlassen, selbst auf ihre Lust war Verlass.

Und nun griff sie nach ihm und hielt ihn fest umschlossen, er küsste sie wieder und küsste ihre Brüste, ihre Brustwarzen, die er liebte, wie liebte er die! Er nahm einen tiefen Atemzug;

heute hatte er Lust, nicht lange zu fackeln. Er gab Constanze zu verstehen, dass sie sich auf ihn setzen sollte, und das tat sie gleich: Sie hockte sich auf ihn, mit dem Rücken zu ihm, sodass er sehen konnte, wie sich ihr Po auf und ab bewegte, erst langsam, dann immer schneller, er sah ihr Muttermal auf dem Rücken, Constanze atmete laut, er riss sich zusammen und konzentrierte sich, versuchte sich abzulenken und das Muttermal zu fixieren, sonst wäre es bald schon vorbei (*der Alkohol, die Müdigkeit, die große Lust, den ganzen Tag schon*). Er schloss die Augen – Constanze, dachte er, wann bist du so weit, ich kann nicht mehr lange – und dann öffnete er wieder die Augen und dann war es so weit, er konnte nicht mehr, er war am Ende seiner Kraft und Konzentration, er ließ es geschehen und auch Constanze – so ließ sie ihn glauben - kam im selben Moment, wie dankbar war er dafür, im selben Moment, es war himmlisch, es war himmlisch …

„Das war wunderschön, du!" Constanze flüsterte glaubhaft. Sie roch ein wenig nach Schweiß. Er küsste sie; küsste sie ins Haar und dachte an einen Film, den er neulich gesehen hatte, in dem jemand seiner Frau ins Haar küsste, und daran, wie albern er das fand, dass dieser Mann seiner Frau ins Haar küsste. Jetzt fiel ihm ein Zitat von Adorno, dem Philosophen, ein, der einmal gesagt hatte: „Wenn ein Mann eine Frau auf der Rückbank eines Taxis küsst, denkt er an einen Film, in dem ein Mann eine Frau auf der Rückbank eines Taxis küsst." Er musste lachen, als ihm das einfiel, Constanze zuckte kurz zusammen, als er lachte; sie schlief schon.

Das Letzte, woran er dachte, bevor er einschlief, war, dass er sich auf den nächsten Tag freute.

Als er am Morgen erwachte, war Constanze schon aufgestanden. Er mochte es gar nicht, allein aufzuwachen, ohne Constanze neben sich. Ob sie schon duschte? Er hörte aber gar nichts. Wie spät war es eigentlich? Er sah auf den kleinen Wecker auf dem Nachttisch, es war halb sieben.

Die Vorfreude auf diesen Tag – wo war sie hin? Sie hatte sich über Nacht aufgelöst. Burkhard blieb im Bett liegen und starrte an die Decke. Das war oft so: Er freute sich auf etwas, und wenn es so weit war, war der Zauber längst über alle Berge. Wie hießen die passenden Sprichwörter? „Vorfreude ist die schönste Freude" oder auch „Der Weg ist das Ziel". So ein Blödsinn! „Das Ziel ist das Ziel!"

Plötzlich kam Katharina ins Zimmer gelaufen und stand schließlich neben dem Bett. Burkhard nahm sie und legte sie neben sich, er kitzelte sie, sie quiekte vor Vergnügen und schrie dann so laut vor Lachen, dass Constanze ins Schlafzimmer kam, um nach dem Rechten zu sehen. Sie trug einen Jogginganzug, der Schweiß lief ihr über das Gesicht; in der Hand hielt sie ein Glas Apfelsaft. „Da bist du ja!", rief Burkhard, „wir haben dich schon vermisst." „Ich war schon um fünf wach und konnte nicht wieder einschlafen. Ich war laufen, fast eine Stunde!"

„Laufen! Um diese Zeit?! Ist ja furchtbar!" Burkhard schüttelte sich und brachte Katharina damit zum Lachen. „Du, das ist herrlich! Man fühlt sich hinterher fit für den ganzen Tag!"

„Klingt wie ein Werbeslogan", meinte Burkhard: „Laufen am Morgen – macht fit für den ganzen Tag!" „Is' aber so!" Constanze streckte ihm die Zunge raus und verschwand im Bad.

„So, meine Süße, und wir machen jetzt das Frühstück!"

Er nahm Katharina auf den Arm, ging hinunter in die Küche, drehte das Radio an und setzte die Kleine in ihren Stuhl, setzte Kaffee auf, deckte den Tisch. Alles funktionierte, und plötzlich war sie wieder da, die Freude auf diesen Tag, und nicht nur das, es war eine Freude über die Tatsachen – der Morgen, das Kind, Constanze, der Job.

Ich bin glücklich, dachte er, und ließ im nächsten Moment eine Tasse fallen.

10

Auf dem Weg zum Krankenhaus überfuhr er eine Katze. Plötzlich war sie vor seinem Wagen aufgetaucht, ganz plötzlich wie aus heiterem Himmel, er hatte nicht mehr bremsen können. Sofort hielt er an, stieg aus und lief zurück zu der Stelle, wo er sie erwischt hatte. Blut lief ihr aus der Nase, ihr Kopf war verdreht, sie war zweifellos tot. Burkhard fühlte sich schuldig, obwohl ihn keine Schuld traf.

Aus dem Auto holte er ein Paar Handschuhe, trug die Katze an den Straßenrand und legte sie ins Gras. Seine Entscheidung, sich eine Katze anzuschaffen, wurde jetzt nur noch bestärkt. Noch am selben Tag würde er ins Tierheim fahren und sich eine aussuchen. Er würde gleich vom Krankenhaus beim Tierheim anrufen und sich erkundigen.

In einigen Wochen fand der Jahreskongress der Deutschen Gesellschaft für Chirurgie statt, dieses Mal in München. Die Einladung dazu lag auf seinem Schreibtisch.

Bei diesem Kongress gab es mehrere Hundert Aussteller und mehrere Dutzend Vortragssitzungen. Einige Vorträge waren ausschließlich für Mitglieder der Deutschen Gesellschaft für Chirurgie, und es waren praktisch sämtliche namhafte Chirurgen anwesend. Man wurde ziemlich hofiert bei diesen Kongressen, denn die Medizintechnikbranche machte beachtliche Umsätze. Üblicherweise gab es mehrere

Einladungen zu diversen Abendveranstaltungen. Am Rande wurden auch Absprachen über die Vergabe von Chefarztpositionen und den Vorsitz von Arbeitsgruppen der Gesellschaft getroffen.

Natürlich würde er hinfahren. Er musste hinfahren. Constanze würde er, wie schon beim letzten Mal, mitnehmen, sie hatte eine Schwester in Oberbayern, die sie bei dieser Gelegenheit besuchen könnten. Er gab seiner Sekretärin die Einladung mit der Bitte, zuzusagen; er käme gern, zusammen mit seiner Frau.

Er erzählte ihr dann von der Katze, die er auf dem Weg zum Krankenhaus überfahren hatte. Seine Sekretärin machte ein mitleidiges Gesicht, und er wusste erst nicht, ob es ihm oder der Katze galt. Burkhard erzählte ihr auch von seinen Plänen, in Kürze ins Tierheim zu fahren, um sich eine Katze auszusuchen.

„Da habe ich eine bessere Idee, Chef! Die Katze meiner Freundin hat vorgestern Junge bekommen, sechs Stück. Jetzt sucht sie jemanden, der ihr eines der Kätzchen abnimmt. Wenn Sie möchten, können Sie sich eins aussuchen!"

Burkhard überlegte kurz. Er dachte an Katharina. Ein junges Katzenbaby war vermutlich passender als eine ausgewachsene Katze, die sich erst an alles gewöhnen musste – an neue Menschen, neue Räume, neue Verhältnisse.

„Ja, das ist eine gute Idee", sagte er, „so machen wir's. Wie heißt denn Ihre Freundin?"

Am Abend fuhr er hin. Es war fast acht Uhr, er hatte sich am Nachmittag angekündigt, und man freute sich, dass jemand sich für eines der Kätzchen interessierte. Die Wohnung lag am Stadtrand, sein Navigationsgerät war defekt und er brauchte eine Weile, um die Straße zu finden. Doch statt der Freundin seiner Sekretärin stand dann eine junge Frau vor ihm, noch dazu im Bademantel. Sie hatte mittelblonde, lange Haare und ein auffällig dünnes Gesicht. Alles an ihr war dünn. Bloß ihre Stimme war unpassend kräftig und dunkel. Er war beeindruckt von dieser Stimme.

„Sind Sie Herr Sperber?"

Burkhard nickte: „Ja, das bin ich. Meine Sekretärin ..."

„Wir dachten, Sie kommen gar nicht mehr. Meine Tante ist schon gegangen, sie hat heute Tanzabend. Aber kommen Sie doch, ich zeige Ihnen die Kätzchen." Burkhard trat ein. In der Wohnung lag ein Geruch, der sich aus Essen und Zigaretten speiste. Er ging mit ihr durch den langen, dunklen Flur in Richtung Küche.

„Ach so, 'tschuldigung, ich heiße übrigens Pia." Sie drehte sich um und grinste. Burkhard grinste zurück.

Dann standen sie in der Küche. Alles war akkurat aufgeräumt, der Geschirrspüler brummte, in einem Aschenbecher glimmte eine Zigarette.

Die Kätzchen waren allesamt schwarz und lagen in einem Korb unter dem Küchentisch, die Katzenmutter lag auf der warmen Heizung und schaute neugierig drein.

Pia hockte sich zu den Katzen. „Na, welche hätten Sie denn gern?" Sie lachte.

Von oben konnte Burkhard ihre Brüste sehen, sie waren klein und rund.

Er blieb noch ein, zwei Sekunden stehen, bis er sich die Kätzchen näher ansah. Sie waren entzückend, alle waren sie so hilflos-niedlich, dass er sich nicht entscheiden konnte.

„Ist die Katze für Sie oder für wen?" Pia schaute ihn an und fuhr sich durch die Haare.

„Tja, eigentlich für uns alle – mich, meine Frau, meine kleine Tochter, sie ist anderthalb."

„Was für ein Typ ist sie, Ihre Tochter?"

„Wie?" Burkhard verstand nicht, worauf sie hinauswollte.

„Na, was für einen Charakter hat sie? Ich meine, Menschen sind verschieden, und Tiere auch, verstehen Sie? Beides muss zusammenpassen. Sonst klappt's nicht mit der Harmonie." Burkhard überlegte.

„Sie ist schlau, aber etwas schüchtern", sagte er dann. „Reicht das als Information?"

„Dann nehmen Sie am besten die hier!" Pia griff in den Korb und klaubte sich eines der Kätzchen heraus. Es miaute ängstlich mit zittrigem Stimmlein und Burkhard nahm sie vorsichtig in seine Hand.

„Die ist auch schüchtern, aber schlau. Passt doch gut!" Pia lachte wieder.

„Haben Sie etwas, um sie zu transportieren?"

„Nein, ehrlich gesagt ..."

„Hm, mal sehen." Pia verließ die Küche, er hörte sie im Nebenraum nach etwas suchen. Und dann legte er binnen zweier Sekunden das Kätzchen zurück in den Korb und nahm sich ein anderes. Eines, das ihm besser gefiel.

Pia gab ihm einen Schuhkarton, den sie mit Watte ausgelegt hatte.

„So, das müsste gehen", meinte sie, nahm ihm die Katze ab und legte sie in den Karton. Offenbar hatte sie nicht bemerkt, dass er das Kätzchen ausgetauscht hatte. Burkhard wollte dem Mädchen zwanzig Euro geben, aber Pia winkte ab. „Lassen Sie mal. Wir sind froh, wenn wir sie los sind", meinte sie. Sie gab ihm noch etwas Katzenmilch mit und eine Packung Futter.

Auf dem Nachhauseweg miaute die kleine Katze pausenlos, er schaute immer wieder neben sich auf den Beifahrersitz, auf dem der Karton lag, und hoffte, dass sie nicht allzu verängstigt würde. Nur wenn der Wagen stehen blieb, wurde sie still. Burkhard freute sich über das Kätzchen, und er freute sich auf Katharina und ihren Blick, wenn sie die Katze das erste Mal sehen würde.

11

Constanze war nicht zu Hause. Ihr Wagen stand weder vor dem Haus noch in der Garage. Burkhard wunderte sich, schließlich hatte sie nichts angekündigt. Vorsichtig hielt er den kleinen Karton mit dem Kätzchen in der Hand, hin und wieder ruckelte und miaute es leise und mit zartem Stimmchen. Burkhard freute sich, das kleine Tier gleich aus dem Karton zu befreien und es herumlaufen zu lassen.
 Er öffnete die Haustür und hörte Katharina lachen. Irgendwas fiel zu Boden, es klirrte, und wieder quiekte Katharina. Sie war in der Küche, Burkhard hörte jetzt Geschirrklappern und den Wasserhahn laufen. Vorsichtig legte er den Karton auf die Kommode in der Diele und legte dann den Mantel ab. Mit dem Karton ging er in die Küche.

Katharina saß mit dem Rücken zu ihm auf dem Fußboden und spielte mit einer Plastiktasse. Lisa stand am Geschirrspüler und räumte Besteck ein. Noch immer stand Burkhard in der Tür und hielt den Karton mit der Katze in den Händen, aus dem es jetzt abermals miaute. Sofort drehte sich Katharina um; sie strahlte, als sie Burkhard sah.
 „Hallo, Herr Professor." Auch Lisa-Marin hatte sich jetzt umgedreht; sie steckte rasch das letzte Besteck in den Geschirrspüler, schloss die Tür und stellte ihn an. Es brummte. Burkhard mochte dieses Brummen, und die Vorstellung, wie dieser Kasten allmählich aus dem

schmutzigen Besteck ein sauberes machte, hatte für ihn stets etwas Beruhigendes, ja Heimeliges.

„Ihre Frau ist noch im Büro, sie hat versucht, Sie zu erreichen, aber Sie haben nicht abgenommen. Na ja, wie Sie sehen, bin ich jetzt hier und passe auf die Kleine auf."

Katharina stand jetzt vor ihm und legte ihr Ohr an den Karton. Es raschelte von drinnen, Katharina schreckte auf, trat einen Schritt zurück und stieß dann lachend einen Schrei aus.

„Überraschung!", flüsterte Burkhard. Lisa-Marin lachte. Burkhard gab seiner Tochter einen Kuss auf die Wange und stellte den Karton auf den Küchenboden. Vorsichtig hob er den Deckel, das Kätzchen lugte etwas ängstlich heraus, blickte erst ihn, dann Katharina an, die nun direkt neben dem Karton saß.

„Oh, wie süß!", rief Lisa-Marin und hockte sich sofort dazu. Alle drei saßen sie jetzt auf dem Küchenfußboden und betrachteten die kleine Katze. Burkhard nahm sie vorsichtig aus dem Karton und streichelte sie mit seiner Wange, ihr Fell war so weich und der kleine Körper zart und zerbrechlich; vor Rührung und Entzücken lief ihm eine Gänsehaut über den Rücken. Katharina hüpfte ungeduldig auf der Stelle und reckte die Arme dabei in die Höhe.

„Du darfst sie streicheln, aber ganz vorsichtig." Burkhard setzte das Kätzchen zurück auf den Boden, nahm Katharinas Hand und führte sie vorsichtig über das Fell der Katze. Katharina strahlte.

„Hat sie eigentlich einen Namen?" Lisa-Marin war immer enger an Burkhard herangerückt, sie saß jetzt kaum eine Handlänge neben ihm.

„Nein, noch nicht. Haben Sie denn eine Idee?" „Hm, nicht wirklich." Lisa lachte, dabei hielt sie sich an seinem

Unterarm fest. „Wie wäre es mit Freyja?" „Freyja? ... Kitty ist gut", meinte Burkhard. „Klassisch und gut. Also: Kitty." Die Katze verlor allmählich ihre Scheu, Katharina war sehr vorsichtig, schnell hatte sie begriffen, wie zerbrechlich das kleine Tier war. Lisa-Marin und Burkhard beobachteten die beiden und lachten. Lisa legte dabei ihre Hand kurz auf Burkhards Schulter.

Im nächsten Moment hörte man, wie die Haustür geöffnet wurde. Constanze kam heim. Augenblicklich rutschte Lisa-Marin ein Stück von Burkhard weg, blieb aber sitzen. Constanze stand kurz darauf in der Tür.

„Na, was ist denn hier los? Vollversammlung?", fragte sie lachend. Dann sah sie die Katze, die über den Küchenfußboden in Richtung Fenster trottete.

„Was ist denn das?" Constanze schien nicht wirklich begeistert.

„Ist sie nicht süß?", meinte Lisa-Marin. Burkhard war dankbar für die Schützenhilfe und nickte ihr kaum merklich zu. „Ist die etwa für uns?" Constanze blieb in der Tür stehen, als hätte sie Angst vor dem Tier.

„Ich habe sie mitgebracht. Sie ist erst ein paar Wochen alt. Anscheinend hat sie sich jetzt schon an uns gewöhnt." Burkhard lachte etwas gezwungen. Lisa-Marin stimmte mit ein, und er blickte wieder dankbar zu ihr hinüber. Sie lächelte.

„Unmöglich, ausgeschlossen, keine Katze", meinte Constanze und schüttelte mit dem Kopf.

„Na, komm!", meinte Burkhard. „Schau doch mal, wie viel Spaß Katharina hat."

„Wie kommst du dazu, einfach eine Katze mit nach Hause zu bringen? Du hättest mich wenigstens fragen können. Die ganze Arbeit bleibt doch sowieso an mir hängen."

Burkhard stand auf – kurz darauf, fast im selben Moment, erhob sich auch Lisa-Marin – und nahm Constanze in den Arm.

„Hallo, mein Schatz", sagte er mit sanfter Stimme, „hattest du einen schönen Tag?"

„Bis jetzt ja", meinte Constanze, und musste dann doch lachen.

„Schauen Sie!" Lisa-Marin zeigte auf die Katze, die in diesem Moment an Katharinas Bein hochzuklettern versuchte. Katharina quietschte vor Vergnügen. Burkhard wandte sich an Lisa: „Bleiben Sie noch und essen eine Kleinigkeit mit uns?"

Die nickte. „Gern. Aber ich muss heute noch was tun, in einer Stunde muss ich zurück."

Constanze und Lisa-Marin standen in der Küche, sie plauderten und machten den Rest Suppe vom Vorabend warm. Burkhard brachte Katharina ins Bett, die so müde war, dass sie schon auf dem Weg nach oben in seinen Armen einschlief. Die Katze war jetzt im Arbeitszimmer, Burkhard hatte ihr eine Schüssel mit der Katzenmilch hingestellt, die sie gleich gierig trank. Hunger hatte sie offenbar keinen, das Futter rührte sie jedenfalls nicht an. Vielleicht mochte sie es auch nicht; Katzen, wusste Burkhard, waren auch beim Essen ziemlich eigen.

Beim Abendbrot schien Lisa-Marin plötzlich eigenartig schüchtern, jedenfalls kam es Burkhard so vor. Sie hielt sich auffällig zurück und sprach sehr wenig. Constanze erzählte die eine oder andere Anekdote aus dem Büro, sie schien gar nicht müde, obwohl sie einen langen Tag gehabt hatte. Lisa-Marin sah auf die Uhr, vermutlich würde sie bald aufbrechen müssen, jedenfalls war die Stunde, die sie bleiben wollte, inzwischen um. Burkhard fiel die Einladung zu dem Jahreskongress der Deutschen Gesellschaft für Chirurgie ein, die am Morgen auf seinem Schreibtisch lag.

„Ist es mal wieder soweit?", fragte Constanze. „Wo ist es denn diesmal?"

„In München. In sechs Wochen", meinte Burkhard.

„Wird bestimmt lustig!", meinte Constanze. „In sechs Wochen? Wann denn genau?"

Burkhard zuckte mit den Schultern, stand dann auf und ging ins Arbeitszimmer, wo die Einladung auf dem Schreibtisch lag. Als er die Tür öffnete, schreckte für einen Moment die Katze hoch, die es sich auf einem Pullover gemütlich gemacht hatte. Gleich darauf schlief sie wieder ein.

„Am 12. November geht's los", meinte er, als er wieder am Tisch saß. Er reichte Constanze die Einladung. Die schüttelte mit dem Kopf: „Du, da kann ich aber nicht. Da sind wir mit dem Büro in Hamburg. Wir haben da eine Präsentation, die total wichtig ist."

Burkhard war enttäuscht. Allein nach München zu fahren war nicht wirklich verheißungsvoll.

„Prima. Dann sage ich vielleicht auch ab."

„Wen dürfen Sie denn auf diesen Kongress mitnehmen, wenn ich fragen darf?" Lisa-Marin meldete sich nach längerer Zeit des Schweigens.

„Ich kann mitnehmen, wen ich will", meinte Burkhard. „Sie zum Beispiel." Er schmunzelte.

Constanze schmunzelte auch. „Lisa, wollen Sie noch etwas Suppe?", fragte sie dann.

„Ja, also, wenn es Ihnen keine Umstände macht – ich wäre gern mit dabei." Lisa strahlte, Constanze lächelte etwas säuerlich, Burkhard war einigermaßen verdutzt, denn er hatte das nicht wirklich ernst gemeint. Er blickte zu Constanze, die stumm blieb und ihm die Entscheidung überließ.

„Aber das Ganze ist kein Spaziergang, wissen Sie?" Er schaute abwechselnd zu Lisa-Marin und zu Constanze. „Ich meine, man ist den ganzen Tag unterwegs und hört Vorträge und diskutiert ..."

„Jetzt übertreibst du aber, Burkhard!", unterbrach ihn Constanze.

Sie wandte sich an Lisa: „Man hat auch viel Spaß, wissen Sie? Man geht schön essen, es finden Partys und Events statt ... Also, wenn Sie mich fragen ..."

Burkhard schaute irritiert zu ihr hinüber. Hatte er denn ihren Gesichtsausdruck eben falsch gedeutet?

„Ich wär wirklich supergern dabei!" Lisa-Marin rutschte unruhig auf ihrem Stuhl hin und her.

„Na, wenn Sie so supergern dabei sind", meinte Burkhard jetzt, „dann kommen Sie doch einfach mit."

„Prima!" Lisa freute sich wirklich. Burkhard und Constanze tauschten einen kurzen Blick aus, Constanze lächelte und schien kaum merklich zu nicken.

12

Es war fast Mitternacht, als sich die Runde auflöste. Burkhard hatte den Eindruck, dass Lisa-Marin noch längst nicht müde war und noch Stunden über den Kongress in München hätte sprechen können. Ihre Begeisterung gefiel ihm, sie hatte so viele Pläne und Ideen und machte keinen Hehl daraus, sie fragte ihn – und auch Constanze – Löcher in den Bauch. Kurzum, es gab für den Rest des Abends bloß noch ein Thema, und das war München und der Kongress in sechs Wochen. Lisa-Marin war noch nie in München gewesen, Burkhard hatte ihr versprochen, ihr die Stadt zu zeigen.

Constanzes Miene war bei alldem nicht einfach zu deuten: Eine Spur Eifersucht war zu erkennen, Freude über Lisas Begeisterung, ebenso Skepsis, vielleicht sogar eine Winzigkeit Belustigung, aber Burkhard war sich nicht sicher, denn eigentlich gehörte sie nicht zu denen, die sich über die Begeisterungsfähigkeit anderer amüsierten, im Gegenteil.

Sie begann jetzt, den Tisch abzuräumen; Lisa-Marin wollte ihr helfen und begann damit, das Besteck zusammenzuräumen.

„Lassen Sie nur, ich mach das schon." Constanze nickte ihr zu, und nur, wer sie gut kannte, wusste, dass es mit ihrer Stimmung nicht zum Besten stand.

„Ich bringe Sie zur Tür!" Burkhard nickte Constanze zu und zog Lisa-Marin Richtung Diele.

„Herr Professor, vielen Dank für alles", sagte Lisa-Marin, als sie beide vor der Haustür standen, „für den schönen Abend, das Essen. Hach, ich freue mich so sehr auf München!"

„Es wird sicher sehr interessant. Sie werden eine Menge Leute kennenlernen."

„Ja, es wird so schön!"

Schön? Burkhard war sich nicht sicher, ob sich Lisa-Marin realistische Vorstellungen von dem Kongress machte oder ob man es im Isländischen so ausdrücken würde.

„Schlafen Sie gut, Lisa."

„Sie auch." Sie lächelte, drehte sich um und ging. Burkhard wusste nicht, ob es eine gute Idee gewesen war, Lisa-Marin mit zu dem Kongress nach München zu nehmen. Aber nun war es gesagt und ausgemacht. Er war jetzt plötzlich so müde, dass er nicht einmal Lust hatte, sich die Zähne zu putzen. Constanze lag bereits im Bett. Hatte sie eben etwas zu ihm gesagt oder bildete er es sich bloß ein? Schlief sie schon? Im nächsten Moment war er eingeschlafen.

In der Nacht wachte er auf; er sah auf die Uhr, es war halb vier morgens. Jetzt fiel ihm ein, was er eben geträumt hatte: Er saß in einem Zug, ohne zu wissen, wohin er fuhr. Offenbar war er allein unterwegs, überhaupt schien er der Einzige zu sein, der in diesem Zug saß; auf seinem Gang kurz zuvor durch den Zug hatte er jedenfalls nicht einen einzigen Fahrgast entdecken können.

Unerwartet öffnete sich die Tür seines Abteils und eine Fahrkartenkontrolleurin stand vor ihm. Es war Constanze, zweifellos, obwohl er sie erst auf den zweiten Blick erkannt hatte. Er aber hatte keine Karte, er suchte in allen Taschen, aber es war zwecklos, nirgendwo war ein Fahrschein zu finden. Plötzlich glaubte er, dass es Constanze selbst gewesen war, die ihm die Fahrkarte gestohlen hatte. Das sagte er ihr. Constanze schüttelte jetzt verärgert mit dem Kopf und verließ das Abteil. Kurz darauf hielt der Zug, Constanze erschien und gab Burkhard zu verstehen, dass er den Zug unverzüglich verlassen müsse. Das tat er dann auch und stellte erstaunt fest, dass er mitten in der Wüste stand.

Der Zug fuhr ohne ihn weiter. Als er sich nach ihm umdrehte, war er verschwunden, als hätte es ihn nie gegeben.

Als Burkhard aufwachte, hatte er starke Kopfschmerzen. Er richtete sich auf, neben ihm schnarchte Constanze leise.

Wollte ihm dieser Traum etwas sagen? Und wenn ja: was? Constanze, die bis eben auf dem Bauch geschlafen hatte, drehte sich um und schlief dann auf dem Rücken liegend weiter.

Burkhard stand auf und sah in Katharinas Zimmer: Die Kleine schlief tief und fest. Er lauschte eine Weile ihrem gleichmäßigen Atmen und ging dann leise hinunter ins

Wohnzimmer. Eine Weile saß er auf dem Sofa und blickte hinaus in den Garten. Er war hellwach, und die Vorstellung, sich gleich wieder ins Bett zu legen und zu schlafen, schien ihm völlig ausgeschlossen. Er schaltete den Fernseher an und zappte sich durch die Kanäle. Morgen, fiel ihm jetzt ein, war er zum Mittagessen mit Martin Bucher verabredet. Der hatte ihn gestern im Büro angerufen, er wirkte seltsam aufgedreht, redete ohne Punkt und Komma und kündigte Burkhard eine „große Überraschung" an. Er freute sich auf das Treffen und war gespannt, was Bucher zu berichten hatte.

Burkhard dachte an den Abend und an Lisa-Marin, die ihn nach München begleiten würde; eigentlich hatte er sie an diesem Abend nach ihrem Roman, den sie geschrieben hatte, fragen wollen. Dann aber hatte man bloß noch über den Kongress gesprochen. Burkhard schaltete den Fernseher wieder aus und legte die Fernbedienung auf die Sofalehne.

Lisa-Marin, so dachte er, konnte es kaum erwarten, bis es nach München ging. Er wurde nicht so recht schlau aus ihr. War sie wirklich intelligent oder war sie vor allem sehr ehrgeizig und zielstrebig? Mochte er sie eigentlich? Fand er sie anziehend? Oder war er bloß geschmeichelt, weil sie ihn mochte oder bewunderte?

Aber war es nicht eigentlich immer so, dass man die, die einen mochten, auch mochte? Und andererseits die ablehnte, denen man nicht sympathisch war? Über diesen Gedanken schlief er ein und wurde erst wieder wach, als die Fernbedienung von der Lehne fiel. Da war es fast sechs, er stand auf, ging ins Schlafzimmer und legte sich ins Bett.

Gut eine Stunde später klingelte der Wecker. Constanze war bereits aufgestanden; diesmal aber störte es ihn nicht wie sonst, im Gegenteil – er war geradezu erleichtert darüber.

13

Die Landschaft flog vorüber, Haus um Haus, Baum um Baum, Dorf um Dorf, Stadt um Stadt.

Lisa-Marin saß ihm gegenüber, sie trug einen knallroten Rock, den Burkhard noch nie zuvor an ihr gesehen hatte, und eine weiße Bluse. Die Haare hatte sie hochgesteckt. Man sah, dass sie sich Mühe gemacht hatte mit ihrem Äußeren.

Sie waren jetzt die Einzigen im Abteil. Bis eben hatte noch eine Mutter mit ihrem Kind hier gesessen, waren aber bei der letzten Station ausgestiegen. Sie hatten ein Malbuch vergessen, es lag auf dem Fußboden. Burkhard hatte es bemerkt und war der Frau nachgelaufen, konnte sie dann aber nirgends mehr entdecken. Wegschmeißen wollte er das Buch dann auch nicht, zumal es kaum benutzt worden war, und so steckte er es schließlich in seinen Koffer; vielleicht hatte Katharina Spaß daran. Der Zug raste mit einer Geschwindigkeit von rund 250 Stundenkilometern gen München. Burkhard wäre lieber geflogen, Lisa-Marin aber hatte Flugangst, und so hatten sie also den Zug genommen.

Sechs Wochen lag es nun zurück, dass sie entschieden hatten, gemeinsam nach München auf den Kongress zu fahren. Ob es eine gute Entscheidung war? Diese Frage hatte sich Burkhard bloß am Anfang gestellt, zumal Constanze zunächst etwas verstimmt schien. Ihre Eifersucht aber hatte sich alsbald gelegt; warum, wusste Burkhard nicht, aber von einem Tag auf den anderen schien sie wieder beruhigt.

Lisa-Marin war mehr als dankbar, dass Burkhard sich bereit erklärt hatte, sie mitzunehmen – das war nicht zu übersehen. Häufiger als sonst war sie in seiner Sprechstunde erschienen. Zu Hause hatte sie ihn hingegen kein einziges Mal aufgesucht; vielleicht, so hatte Burkhard gedacht, ist ihr nicht verborgen geblieben, dass es Constanze nicht wirklich recht war, dass sie ihn nach München begleitet. Wie oft hatten sie sich zufällig auf dem Flur der Uni getroffen, zufällig auf der Straße, zufällig in einem Café nahe der Uni – die Zufälle hatten sich auf geradezu aberwitzige Weise gehäuft. Es war schon sozusagen ein Running Gag zwischen ihnen gewesen – und die, die am meisten überrascht darüber zu sein schien, war Lisa-Marin; sie hatte jedes Mal gelacht und ungläubig den Kopf geschüttelt über ihre häufigen Aufeinandertreffen.

Lisa-Marin blätterte jetzt in einem Journal. Ihr Blick aber sagte Burkhard, dass sie die Zeitschrift nicht wirklich interessierte, sie blätterte darin herum, ohne zu lesen, und schaute zwischendurch immer wieder aus dem Fenster. Fast schien es, als sei das Blättern bloß ein Vorwand oder Mittel zum Zweck. Burkhard fiel jetzt nicht der richtige Ausdruck ein, jedenfalls hatte er das Gefühl, sie tue bloß so als ob.

Vor ein paar Wochen hatte er sie auf diese Weise lesen oder besser blättern sehen: Es hatte geregnet, er war aus der Uni gekommen und dann eilig über die Straße gelaufen, hinüber zum Café. Er hatte eine Stunde Zeit bis zu seiner Verabredung mit Martin Bucher. In dem Laden war nicht viel los gewesen und schon von draußen, von der Straße, hatte er Lisa-Marin in dem Café sitzen und in einer Zeitschrift blättern sehen, und als er eintrat, hatte sie gleich zu ihm hochgeschaut, als hätte sie ihn schon erwartet – wieder so ein Zufall –, und dann hatten sie eine knappe Stunde beisammengesessen.

„Möchten Sie auch einen Kaffee?" Lisa-Marin legte jetzt die Zeitschrift beiseite und nahm schon ihre Handtasche.

„Gern", meinte Burkhard und nickte, „aber lassen Sie, ich hole ihn. Bleiben Sie sitzen."

„Nein, nein, bitte, ich gehe schon!" Im nächsten Moment war sie draußen.

An jenem Tag in dem Café hatte er sie das erste Mal auf ihr Buch angesprochen, das sie geschrieben hatte. Ob es nur Kokettieren war, wusste er nicht, aber sie hatte sich ein wenig gesträubt, ihm etwas darüber zu erzählen. Dann aber kam sie doch heraus mit der Sprache, hatte erzählt, worum es in dem Buch gehe (*eine Liebesgeschichte - natürlich*), wie umfangreich es sei (*230 Seiten*), wie lange sie daran geschrieben habe (*8 Monate*), wie viel Verlage es abgelehnt hätten (*7*), ob es erfolgreich sei (*25.000 Exemplare, übersetzt in 4 Sprachen, ins Deutsche habe sie es selbst übertragen*).

Ob er das Buch einmal lesen könne? Auch jetzt wieder hatte sie sich zuerst gesträubt, dann aber eingewilligt und das Buch auch gleich am nächsten Tag zu seiner Sprechstunde mitgebracht. Noch am selben Abend hatte er zu lesen angefangen.

Der Zug bremste unvermittelt, auf offener Strecke, wie es schien. Burkhard stand auf und sah aus dem Fenster – ein Bahnhof war tatsächlich nicht zu sehen, auch eine Ansage hatte es ja gar nicht gegeben. Er setzte sich wieder hin. Seltsam, aber sogleich brachte er das Halten des Zuges mit Lisa-Marin in Verbindung. Er lachte und schüttelte den Kopf über diesen sonderbaren Gedanken. Im nächsten Moment öffnete sich die Tür: Lisa-Marin stand kreidebleich mit zwei Bechern Kaffee vor ihm und starrte ihn an.

Er hatte bis zwei Uhr morgens gelesen. Das Buch war beeindruckend, sprachlich wie inhaltlich. Eine traurige Liebesgeschichte, bar jeglichen Kitsches, vielmehr berührend, authentisch, überzeugend. War es ihre Geschichte, war es Lisa-Marin selbst, die da von sich berichtete? Das hatte er schon bald, schon nach zehn oder fünfzehn Seiten, vermutet. So konnte doch bloß jemand schreiben, der genau diese Geschichte am eigenen Leib erfahren hatte, oder? Er hatte überlegt, ob er sie darauf ansprechen sollte. Oder ginge das zu weit? Er hatte es dann bleiben lassen und es nicht zur Sprache gebracht.

„Jemand hat sich das Leben genommen!", meinte Lisa-Marin und reichte Burkhard einen Becher.
Er verstand nicht ganz, was sie meinte: „Wie? Das Leben genommen? Im Zug, oder was?"
„Jemand hat sich auf die Gleise gestellt. Der Zug hat ihn überrollt. Ich glaube …" Im selben Moment kam eine Zugdurchsage: „Unsere Weiterfahrt verzögert sich aufgrund eines Triebkopfproblems um einige Minuten. Wir bitten um Ihr Verständnis."
„Das sagen die immer!", meinte Lisa-Marin. Sie stand auf, schaute aus dem Fenster und fing zu weinen an. Hatte sie womöglich etwas gesehen? Woher wusste sie, dass sich jemand hatte überfahren lassen? Burkhard stand ebenfalls auf und legte tröstend den Arm um sie. Sie drehte sich dann zu ihm und umarmte ihn, sie drückte dabei so fest, dass Burkhard über ihre Kräfte staunte.

Er hatte Martin Bucher von Lisa-Marins Roman erzählt, der es dann unbedingt lesen wollte. Burkhard hatte ihm das Buch bei ihrem nächsten Treffen gegeben und es schon gut eine Woche später wieder zurückbekommen. „Dünne Suppe, wenn du mich fragst", hatte Bucher lapidar gemeint und dabei missbilligend den Kopf geschüttelt. Burkhard hatte gemerkt, wie ihm das Herz schneller zu schlagen begann, als er das vernichtende Urteil von Bucher hörte. Er hatte außerdem das Gefühl gehabt, Bucher greife ihn da persönlich an, zumal der im Laufe ihres Gesprächs über Lisa-Marins Roman noch einiges draufsetzte: flach, fade, gestreckte, lendenlahme Handlung – was auch immer das sei. Das waren Buchers Formulierungen gewesen und je mehr der redete, desto unwirscher war Burkhard geworden. Fast hatte er den Eindruck gehabt, Bucher mache sich einen Spaß daraus, ihn zu kränken, immerhin wusste der ja, dass ihm der Roman gefiel!

Vielleicht aber hatte Bucher auch einfach Spaß an der Überspitzung, er war nun einmal ein Typ, der gern direkt und klar formulierte, ein kompromissloser Charakter, und das war es doch eigentlich auch, was Burkhard so schätzte an seinem Freund. Nachdem er den Roman etwas schlapp verteidigt hatte, wechselte er das Thema. Aber hinterher, nach dem Treffen, war er doch wieder in Wut geraten, hatte rekapituliert, was Bucher so von sich gegeben hatte und sich geärgert, dass er den Roman, den er jetzt fast trotzig noch mehr schätzte, kaum verteidigt hatte. Er hatte sich von Bucher mehr oder weniger über den Tisch ziehen lassen, jedenfalls dachte er das; allerdings hatte der alles, was er behauptete, belegen können. In dem Buch hatten unzählige Post-its gesteckt, und immer wieder hatte Bucher es aufgeschlagen und gnadenlos zitiert und belegt, was ihm missfiel. Enttäuscht war Burkhard von Bucher auch deshalb gewesen, weil er gedacht hatte, sie hätten halbwegs denselben Geschmack und dieselben Ansprüche, was Literatur betraf. Burkhard hatte sogar kurz darüber nachgedacht, ob er den Roman womöglich nur deshalb so mochte, weil er die Autorin kannte. Dann aber hatte er diesen Gedanken gleich wieder verworfen, er war sich sicher, das hatte nicht das Geringste damit zu tun.

Merkwürdig aber war Folgendes: Als Bucher meinte, dass der Roman vielleicht auch nur schlecht übersetzt sei, hatte Burkhard erwidert, das sei nicht möglich, denn der Roman sei gar nicht übersetzt, weil Lisa-Marin es selbst ins Deutsche übertragen habe. Auch darin irre er, wies ihn Bucher hin, schlug das Impressum auf und zeigte ihm schwarz auf weiß, dass der Roman von einer gewissen Elisabeth Kling übersetzt worden sei. Wie er, Burkhard, darauf komme, dass diese Lisa-Marin es selbst übersetzt hätte? Burkhard hatte verärgert und irritiert abgewunken.

Dies war das letzte Treffen der beiden; einmal noch hatte Bucher angerufen, um sich vor Burkhards Reise nach München mit ihm zu treffen, aber als Bucher meinte, diesmal wolle er ihm einen „wirklich richtig guten Roman" zu lesen geben, da hatte Burkhard wenig Lust auf ein Treffen und es dann auf einen Termin nach seiner Rückkehr verschoben.

Der Zug stand. Man sah einen Krankenwagen kommen, sogar ein Hubschrauber kam geflogen, auf dem Gang draußen standen die Leute und verfolgten neugierig das Geschehen.

Lisa-Marin hatte sich inzwischen wieder beruhigt. Sie schaute stumm aus dem Fenster, ab und zu murmelte sie etwas vor sich hin, das Burkhard nicht verstand. Er fragte sich noch immer, weshalb sie dieser Vorfall so stark berührte. Oder war das normal? Sie wollte doch Ärztin werden. Wie sollte das gehen, wenn sie der Tod eines Menschen derart beschäftigte?

Draußen auf dem Gang standen auch einige junge Leute, sogar zwei Kinder sah er, aber niemand von denen schien so mitgenommen wie Lisa-Marin.

Sie stellte jetzt den leeren Kaffeebecher auf den Tisch und blickte zu Burkhard.

„Ich muss Ihnen etwas sagen", begann sie. „Ich weiß nur noch nicht so genau, wie ich es ausdrücken soll." Lisa-Marin nahm den Pappbecher und faltete ihn zusammen.

„Ich weiß nicht, ob Birgit Ihnen davon erzählt hat, aber mein Freund, mit dem ich in Reykjavik zusammen war, bevor ich nach Deutschland kam, hat sich das Leben genommen. Wir hatten uns getrennt oder besser gesagt, ich hatte mich von ihm getrennt, ein paar Wochen vor meiner Abreise, und einige Tage später hat er sich umgebracht." Lisa-Marin schaute wieder aus dem Fenster. „Er hat sich von einem Zug überrollen lassen, verstehen Sie?" Gab es dort überhaupt Eisenbahnen? Burkhard nickte. „Das tut mir sehr leid", sagte er. „Das ist ja wirklich tragisch."

„Ja, tragisch. Er hat unsere Trennung einfach nicht überwunden. Jedenfalls hat er das in seinem Abschiedsbrief geschrieben."

Plötzlich setzte sich der Zug wieder in Bewegung. Sie hatten fast eine Stunde gestanden. Zum Glück war erst für den Abend eine Veranstaltung vorgesehen, bis dahin würde er es auf jeden Fall schaffen.

Als sie in den nächsten Bahnhof einfuhren, dachte Burkhard an das, was Lisa-Marin ihm einmal erzählt hatte, als er sie in seinem Auto in die Uni mitgenommen hatte. Ich hatte mich im dritten Semester in Reykjavik in einen deutschen Austauschstudenten verliebt, hatte sie damals gesagt, der irgendwann zurück nach Deutschland musste. Und dann habe ich mich spontan entschieden, mit ihm zu gehen, und das war hierher, in diese Stadt. – Das konnte ja dann nicht stimmen. Oder hatte sie mit ihrem Freund in Reykjavik Schluss gemacht, weil sie diesen deutschen Austauschstudenten kennengelernt hatte? Das aber konnte auch nicht sein, wenn sie sich erst wenige Wochen vor ihrer Abreise von ihm getrennt hatte. Burkhard ließ es dabei bewenden und hakte nicht nach. Vielleicht würde er später noch einmal darauf zu sprechen kommen.

„Sagen Sie, was ich Sie immer schon fragen wollte: Beruht Ihr Roman eigentlich auf Tatsachen? Ich meine, ist es Ihre eigene Geschichte, die Sie da niedergeschrieben haben?" Diese Vermutung hatte nicht nur er, sondern auch Martin Bucher; der allerdings meinte es, im Gegensatz zu Burkhard, durchaus geringschätzig – „eigenes Schicksal einmal durch den Wolf gedreht" –, das waren seine Worte, und auch darüber hatte sich Burkhard mächtig geärgert.

„Was wäre Ihnen denn lieber?" Lisa-Marin kicherte ein bisschen, als sie das fragte.

„Ich würde es anders formulieren", meinte Burkhard. „Ich wäre verwundert, wenn es komplett Fiktion wäre. Oder nein, ich wäre nicht nur verwundert, sondern auch enttäuscht."

„Enttäuscht? Warum?"

Burkhard dachte nach. „Weil ich das Buch sehr gern gelesen habe", sagte er dann. „Weil ich die Hauptperson und alles, was mit ihr zusammenhängt, gut verstehen kann. Vielleicht kennen Sie das Phänomen, dass man ein Buch oder einen Film oder auch ein Theaterstück ein bisschen als die Wirklichkeit betrachtet und dann enttäuscht ist, wenn einem klar wird, dass es eben doch nur ein Buch oder ein Film oder ein Theaterstück ist, verstehen Sie?"

Lisa-Marin nickte.

„Und genauso würde es mir mit Ihrem Buch ergehen. Ich mochte es, und deshalb wünsche ich mir, dass es so gewesen ist, wie Sie es beschreiben."

Lisa-Marin lächelte. „Gut, ich gebe es zu: Es war so, wie es drinsteht, ich habe meine Geschichte erzählt."

„Hab ich mir gedacht!" Burkhard war geradezu erleichtert.

„Soll ich Ihnen was verraten? Sie sind der Erste, dem ich das erzähle!"

„Das ehrt mich", sagte Burkhard geschmeichelt. „Wollen Sie eigentlich noch ein Buch schreiben?" Lisa-Marin machte eine lange Pause.

„Also, wenn Sie es niemandem weitererzählen, verrate ich es Ihnen: Ich bin schon dabei."

„So? Worum geht's denn, oder ist das ein Geheimnis?"
„Das kann ich Ihnen unmöglich sagen. Nur so viel: Es geht um Liebe und Verrat. Reicht das?"

14

Plötzlich wurde Burkhard wach. Sofort sah er auf die Uhr, es war kurz vor halb zwei, er hatte über eine Stunde geschlafen. In gut fünfzehn Minuten würden sie in München sein. Lisa-Marin war nicht hier, er saß allein in dem Abteil. Ihr Koffer lag noch immer auf der Ablage über dem Sitz.

Herrje, er war plötzlich so müde geworden! Über eine Stunde hatte er Lisa-Marin einige Geschichten und Anekdoten über den Kongress erzählt. Zum Beispiel von dem sogenannten „Gesellschaftsabend", der vom Kongresspräsidenten und seinem Team ausgerichtet wird.

Dieses Event wird von der Pharma- und Medizintechnikbranche finanziert und muss natürlich immer das des Vorjahres übertreffen; demzufolge lässt man sich stets etwas einfallen.

„Was zum Beispiel?", hatte Lisa-Marin dann wissen wollen.

Ihm fiel dann gleich der Abend beim österreichischen Chirurgenkongress in Bregenz vor einigen Jahren ein, der in der Zeppelinwerft in Friedrichshafen stattfand; es gab eine Überfahrt dorthin, und es wurde sogar eine

Dessousmodenschau im Zeppelinhangar geboten. Lisa-Marin hatte kichern müssen. Burkhard setzte noch einen drauf: Meistens gehen die älteren Professoren mit ihrer Ehefrau oder einer blutjungen Begleitung hin ...

Auch den Ablauf des Kongresses umriss er noch einmal, obwohl Lisa-Marin ihn kannte: Die Vorträge sind in thematisch gegliederten Sitzungen organisiert, jeweils etwa fünf 10- bis 15-minütige Beiträge über eigene wissenschaftliche Ergebnisse oder Reviews von Publikationen. Zwischen den Sitzungen oder den Einzelvorträgen ist man auf der Industrieausstellung unterwegs, die der zentrale Punkt des Kongresses ist. Es gibt hier mehrere Hundert Aussteller und etwa zehn Vortragssitzungen parallel. Viele namhafte Chirurgen trifft man hier – die Medizintechnikbranche macht gewaltige Umsätze mit Dingen wie Ultraschallskalpell, neuesten Implantaten und Klammernahtgeräten. Die Hersteller legen sich also ins Zeug, es werden „Häppchen" angeboten und immer stehen einem hübsche, junge Hostessen in dunklen Kostümchen zu Diensten.

Bei den Sitzungen geht es zu wie im Boxring – wer teilt aus und wer steckt ein, wer hat die Oberhand, wer geht als Sieger aus dem Ring? Aktuelle Themen sind Chefsache. Hier wird subtil oder auch ganz direkt ausgeteilt. Es sind teils sehr scharfe und fachlich fundierte Diskussionen, bei denen der Zuschauer, also der Kongressbesucher, voll auf seine Kosten kommt. Rhetorik ist aber auch hier oftmals wichtiger als Fachkompetenz. Wer über beides verfügt, hat praktisch gewonnen. Bei unwichtigeren Sitzungen hingegen werden die Ober- oder Assistenzärzte ins Rennen geschickt, die von eigenen Ergebnissen berichten, bei deren Publikation sie oft auch genannt werden. Der Chef sitzt dann manchmal mit im

Saal, um, wenn nötig, bei der Diskussion eingreifen zu können.

Lisa-Marin war einmal mehr beeindruckt von dem, was er da erzählte, das war kaum zu übersehen. Sie hatte ihn Löcher in den Bauch gefragt, alles wollte sie wissen. Burkhard hatte erzählt und erzählt und war immer müder geworden, bis er schließlich abbrach und meinte, wenn er jetzt noch weiterspräche, würde er den Kongress nicht überleben. Lisa-Marin hatte gelacht und sich eine Zeitschrift genommen. Kurz darauf musste er eingeschlafen sein.

Es dauerte nicht lange, bis darauf hingewiesen wurde, dass man in wenigen Minuten München erreichen würde. Burkhard sah auf die Uhr, als wüsste er nicht, wie spät es war.

Herrgott, wo war Lisa-Marin? Er stand schon fast in Hut und Mantel bereit, und sie war nirgends zu sehen! Burkhard nahm seinen Koffer von der Ablage, dann auch ihren, und stand dann unschlüssig im Abteil. Und endlich kam sie!

„Sorry!", rief sie schon von Weitem, „ich hab eben einen Kommilitonen im Zug getroffen, wir haben uns total verquatscht."

„Jetzt aber los!", meinte Burkhard streng und ärgerte sich, dass es ihm nicht einmal im Ansatz gelungen war, entspannt oder freundlich zu wirken. Lisa-Marin zog in übertriebener Eile ihre Jacke an. „Wo ist denn mein Koffer?" – „Ich habe ihn schon genommen, kommen Sie!" Dann hielt der Zug mit einem Ruck, sodass Lisa-Marin die Balance verlor und gegen Burkhard stieß, der sich dann seinerseits an der Abteiltür abstützte. Er lachte, und Lisa-Marin lachte auch. Alles war wieder gut.

„Wo genau müssen Sie denn hin?" Sie liefen in Richtung Ausgang. Burkhard wusste, dass Lisa-Marin über Birgit eine Übernachtungsmöglichkeit in München organisiert hatte, Birgits Bruder Hendrik wohnte hier, zumal gar nicht weit vom Bahnhof entfernt.

„Ich weiß gar nicht, ob Hendrik jetzt überhaupt zu Hause ist, ich glaube, der arbeitet noch. Ich fahr dann am Abend zu ihm."

„Gut", meinte Burkhard, „München ist schön, Sie werden sehen. Wenn Sie Zeit haben, gehen Sie unbedingt in die Alte Pina…"

„Nein", unterbrach sie ihn, „ich habe mir überlegt, besser gleich mit Ihnen auf die Industrieausstellung zu gehen. Vielleicht können Sie mir München später zeigen, oder? Ihr München sozusagen!" Sie lächelte. Burkhard war alles andere als begeistert. Er musste noch heute einen Vortrag halten und hasste es, vorher nicht zur Ruhe zu kommen. Die Aussicht, sich um Lisa-Marin kümmern zu müssen, gefiel ihm ganz und gar nicht. Dennoch versuchte er, möglichst entspannt zu bleiben oder doch wenigstens so zu wirken.

„Na schön, dann kommen Sie also mit. Mein Vortrag beginnt um sechzehn Uhr, ich brauche vorher eine gute Stunde, um ihn noch etwas vorzubereiten. Bis dahin können wir gern gemeinsam über die Ausstellung gehen." Als er sich eine halbe Stunde später am Schalter für Referenten und Vorsitzende anmeldete, war er in Gedanken noch immer bei der Taxifahrt hierher – zum Kongress. Lisa-Marin und er hatten im Fonds gesessen, und plötzlich hatte er Lisa-Marins Hand an seinem Oberschenkel gespürt. Nicht, dass sie ihre Hand auf sein Bein gelegt hatte, das nicht, vielmehr hatte sie sie zwischen ihren und seinen Oberschenkel gesteckt, ja geradezu gequetscht, als herrsche die pure Platznot. Er hatte dann so getan, als hätte er es nicht bemerkt, obgleich er sich lächerlich vorkam, als er aus dem Taxifenster sah, so, als wäre nichts. Er spürte diese Spannung, die in der Luft lag, er glaubte zu merken, dass sie, Lisa-Marin, ihn beobachtete, ihn aus den Augenwinkeln beobachtete, einmal bewegte sich einer ihrer Finger an seinem Oberschenkel, worüber Burkhard fast erschrak. Am Ende hatte er sich einzureden versucht, dass tatsächlich nichts wäre; vielleicht hatte sie es auch gar nicht bemerkt

Sie schlossen ihre Gepäckstücke in ein Schließfach ein und schlenderten dann über die Ausstellung. Immer wieder entdeckte Burkhard das eine oder andere bekannte Gesicht und blieb dann stehen, um einen kurzen Schwatz zu halten. Lisa-Marin stellte er als das vor, was sie war: seine Studentin. Er wusste um die Gerüchteküche, die umgehend brodelte, wenn man hier mit einer jungen Frau aufkreuzte und sie als seine „Cousine", „Assistentin" oder auch „Studentin" vorstellte. Und es wäre gelogen, zu behaupten, es mache ihm nichts aus, dass man womöglich zu tuscheln begann, kaum dass sie beide weitergelaufen waren. Klar war, dass er Lisa-Marin keinesfalls dabeihaben wollte, wenn es um den „Gesellschaftsabend" ging; und da sie bei Birgits Bruder Hendrik übernachten würde, würde sie ohnehin keine Zeit haben, ihn dorthin zu begleiten.

Die Zeit raste und plötzlich war es Viertel vor drei. Sie verabredeten sich für halb sechs am Ausgang der Halle; für Burkhard war es jetzt Zeit, seine Rede noch einmal durchzugehen und das eine oder andere zu ändern, so, wie er es immer machte.

Er kam zu spät. Fast eine Viertelstunde später als vereinbart traf er an dem Treffpunkt ein, an dem Lisa-Marin auf ihn wartete. Doch sie verlor kein Wort darüber, vielmehr schien sie sich ehrlich zu freuen, dass er da war. Das rührte ihn und beschämte ihn sogar ein wenig.

„Und, was haben Sie so getrieben?", fragte er beschwingt.

Sein Vortrag (*"Endoskopische Schilddrüsenchirurgie – ethische und kosmetische Aspekte"*) war erfolgreich gewesen, es hatte viel Applaus gegeben; hinterher hatte man noch gemeinsam diskutiert, deshalb auch die Verspätung.

„Ich war in einem Café, gleich um die Ecke."

„In einem Café?"

„Ja, ich war irgendwie erledigt von allem und brauchte eine kleine Pause."

„Gut, dann schlage ich jetzt Folgendes vor: Sie fahren zu Hendrik und ich ins Hotel, und wir können ja dann später telefonieren!"

Lisa-Marin machte ein gequältes Gesicht: „Ich habe den Hendrik nicht erreichen können, ich habe es mehrmals versucht, aber er nimmt einfach nicht ab."

„Und jetzt?"

„Ich habe mir überlegt, dass ich zunächst mit Ihnen ins Hotel gehe und es dann später noch einmal bei Hendrik versuche."

Keine gute Idee, dachte Burkhard.

„Wissen Sie was?", meinte er dann, „ich hab jetzt Hunger und Sie wahrscheinlich auch, und deswegen lade ich Sie zu einer Kleinigkeit ein." Burkhard hatte gute Laune, der Vortrag war bestens verlaufen, er freute sich auf den Abend und hoffte, dass Lisa-Marin diesen Hendrik innerhalb der nächsten Dreiviertelstunde erreichen würde; außerdem hatte er tatsächlich Hunger. „Ich kenne ein nettes Lokal gleich in der Nähe", meinte er und es rührte ihn geradezu, wie dankbar und freudig Lisa-Marin seine Einladung annahm.

15

Ein paar Straßen weiter befand sich das Lokal, das Constanze im letzten Jahr entdeckt hatte. „Teufels Küche" hieß es. Lisa-Marin war gleich fasziniert und Burkhard fiel einmal mehr auf, wie sehr er ihre Begeisterungsfähigkeit mochte.

„Das Restaurant ‚Teufels Küche' ist Ausdruck einer jungen, multikulturellen Gesellschaft ohne Attitüde." Lisa-Marin blickte auf die Wand gegenüber des Tisches, an dem sie Platz genommen hatten, und las vor, was da auf einer Tafel stand. „In München sowie in anderen Metropolen dieser Welt hat sich ein Underground-Kochstil herausgebildet, der nichts mit den etablierten, statischen Kochtempeln zu tun hat. Wir sehen unsere Küche als lebendiges Mittel, Kulturen miteinander zu verbinden und gesellschaftsübergreifende Erlebnisse zu schaffen. Als Freestyle-Kitchen geht es uns um einen tabulosen und virtuosen Umgang mit Lebensmitteln aus aller Welt. Hm, ich verstehe nicht genau, klingt aber echt gut! Toll, was Sie alles kennen!"

Burkhard verschwieg, dass es Constanze gewesen war, die ihn vor einem Jahr in dieses Lokal geführt hatte, wobei er sich sogar zunächst etwas gesträubt hatte, mitzugehen, sich aber letztlich überreden ließ. Er erinnerte sich auch, dass er sich schon damals über diese Tafel aufgeregt hatte.

Plötzlich klingelte sein Handy – es war Constanze. Sie erkundigte sich, wie der Vortrag gelaufen sei, und Burkhard stattete ihr kurz Bericht ab. Er vermied es, ihr zu erzählen, dass er mit Lisa-Marin in „ihrem" Restaurant saß – sein Gefühl sagte ihm, dass es sie irritieren würde, auch wenn es vollkommen grundlos wäre.

Ob Lisa-Marin sich schon gemeldet habe? Die sei vermutlich noch bei dem Hendrik, oder?

„Nein, nein", meinte er und blickte kurz zu Lisa-Marin hinüber, die jetzt eine Cola bestellte, „wir sitzen gerade beisammen und essen eine Kleinigkeit. Ich geh dann gleich ins Hotel."

Er hörte durch das Telefon, wie es an der Haustür klingelte und war froh, dass Constanze das Gespräch beenden musste.

„Ich ruf dich morgen früh an", meinte er noch, aber da hatte sie bereits aufgelegt.

„Ich nehme die Schafskäseravioli", meinte Lisa-Marin, „und Sie?"

Burkhard blickte in die Karte und entschied sich für den Lammrückenspieß. „Versuchen Sie es noch einmal bei diesem Hendrik, ja?!"

Lisa-Marin nickte und kramte aus ihrer Handtasche ihr Handy hervor. Sie ließ es lange läuten, ohne Erfolg; dieser Hendrik war offenbar noch immer nicht da. Burkhard ärgerte sich über dessen Unzuverlässigkeit, zwang sich aber, seine gute Stimmung nicht zu verlieren.

„Irgendwann muss er ja mal nach Hause kommen, oder? Er weiß doch, dass Sie mit ihm rechnen?"

„Ja, sicher." Lisa-Marin blieb entspannt. „Der wird schon noch auftauchen, keine Sorge." Sie grinste.

Sie blieben rund eine Stunde in dem Lokal. Das Essen war köstlich wie immer und Burkhard freute sich, dass es Lisa-Marin schmeckte und sie sich wohlfühlte. Sonderbar war, dass Burkhard schon bald dachte, dass er das Restaurant künftig mit ihr, Lisa-Marin, in Verbindung bringen würde, weniger mit Constanze, mit der er allerdings bereits dreimal hier gewesen war (*das letzte Mal bei einem Besuch eines alten Studienfreundes von Burkhard*).

Sie sprachen nicht viel, beide waren sie zu erschöpft zum Plaudern; erst als sie fertig gegessen hatten, kam auch ihre Redelust wieder.

„Wollten Sie schon immer Chirurg werden?" Burkhard schien überrascht: „Chirurgie ist ein schönes Fach – ich fand es schon immer interessant. Es ist klar, direkt und man sieht seine Erfolge. Also: ja …" Damit war das Thema für ihn erledigt. „Ich möchte Krebsärztin werden", strahlte Lisa-Marin.

„Onkologin? Wie kommen Sie denn darauf?"

„Es ist so schicksalhaft. Man hat es in der Hand, das Leben der Menschen zu beeinflussen", entgegnete sie. Burkhard ließ die Begründung so stehen und schob die für ihn wirre Aussage auf die mangelnden Deutschkenntnisse der Isländerin. Er hatte auch gar keine große Lust auf ein weiteres Gespräch. Lisa-Marin fragte ihn weiter nach seiner Tochter – wie sie auf den Namen gekommen seien, ob er sich eine Tochter gewünscht habe oder eher einen Sohn, oder ob es ihm egal gewesen sei, ob er noch mehr Kinder wolle – und Burkhard gab bereitwillig Auskunft. Er wurde gern gefragt, vor allem nach seiner Tochter. Es rührte und freute ihn, wie sehr sich Lisa-Marin für sie interessierte.

Es war Zeit zu gehen, die Veranstaltung würde in rund neunzig Minuten beginnen, und er musste auf jeden Fall vorher noch ins Hotel. Während er die Rechnung zahlte, versuchte Lisa-Marin erneut, Hendrik zu erreichen, aber sie schüttelte bloß den Kopf.

„Nichts zu machen", sagte sie und schaute betroffen. „Und jetzt, was mache ich jetzt?" Sie wirkte geradezu hilflos. Burkhard zuckte mit den Achseln. Er wollte nicht, dass Lisa-Marin ihn an diesem Abend, dem

„Gesellschaftsabend", begleitete, und er wollte nicht, dass sie mit ihm in dem Hotel wohnte. Vielleicht sollte er ihr ein anderes Hotel vorschlagen? Aber das schien ihm auch wieder albern; sie könnte fast denken, er hätte etwas zu verheimlichen, wenn er sie anderswo einquartierte. Nein, sie musste unbedingt diesen Hendrik erreichen. Herrje, wo war dieser Idiot? Er wusste doch, dass sie heute kommen würden!

„Das Beste ist, Sie warten hier", schlug er jetzt vor, „dieser Hendrik muss ja irgendwann kommen."

„Ja, Sie haben wohl recht." Lisa-Marin machte ein bedrücktes Gesicht. „Können Sie mir zehn Euro borgen? Ich habe gar kein Bargeld bei mir und mit Karte kann ich hier nichts bezahlen."

Sie tat ihm leid. Lisa-Marin kannte diese Stadt nicht, niemanden kannte sie hier, und jetzt wollte er sie hier sitzen lassen und darauf vertrauen, dass Hendrik, dieser windige Bursche, irgendwann wieder auf der Bildfläche auftauchte. Wenn nicht, musste sie sich ein Hotelzimmer nehmen, wobei er mit großer Wahrscheinlichkeit für die Kosten aufkäme, denn Lisa-Marin hatte nicht viel Geld, das wusste er von Constanze, die es ihrerseits von Birgit wusste, der Freundin und Nachbarin, bei der Lisa-Marin wohnte.

„Dann kommen Sie halt mit", meinte er knapp und hoffte inständig, dass ihm etwas einfiele, wenn sie ihn fragte, ob sie ihn heute Abend begleiten dürfe. Lisa-Marin strahlte, war im nächsten Moment aufgestanden und hatte sich die Jacke angezogen. Die Zeit war zu knapp, um zu Fuß zum Hotel zu gehen, und so nahmen sie ein Taxi. Beim Einsteigen passierte ihr ein Missgeschick – sie stieß sich den Kopf an der oberen Kante der Tür, es blutete sogar etwas. Der Fahrer entschuldigte sich, obwohl ihn natürlich keinerlei Schuld traf. Er reichte ihr Taschentücher nach hinten und hatte auch ein Pflaster im Handschuhfach. Ob sie einen Verband brauche, den habe er auch. Lisa-Marin schüttelte den Kopf, nein, ein Verband wäre dann doch etwas zu viel des Guten, und tupfte sich das Blut ab, während Burkhard einen großen Streifen von dem Pflaster abschnitt und es ihr dann sachte auf die Stirn klebte.

Als sie beim Hotel angelangt waren, bezahlte er und half Lisa-Marin aus dem Wagen. Er vergaß, sich vom Fahrer eine Quittung geben zu lassen, was ihm erst einfiel, als er mit Lisa-Marin an der Rezeption stand.

„Was für ein schönes Zimmer!" Lisa-Marin stand in der Mitte des Raumes. „Und so groß! Und das ist nur für Sie?" Burkhard grinste. „Ja, für mich ganz allein." Er sah auf die Uhr. Eine Stunde blieb ihm noch.

„Lisa, schauen Sie doch fern oder lesen Sie ein bisschen. Ich muss mich jetzt frisch machen für den Abend, ja?" Lisa lächelte, nickte und nahm auf dem großen Sofa Platz.

Im Bad drehte er die Dusche auf und ließ sie laufen, während er sich im Spiegel betrachtete. Er hörte, wie Lisa-Marin nebenan telefonierte. Endlich schien sie diesen Hendrik erreicht zu haben! Das wurde auch wirklich Zeit. Er pfiff vor sich hin, freudig darüber, dass dieses Problem nun gelöst zu sein schien.

Er duschte nicht lang, die Zeit war knapp, er musste sich beeilen und zog sich im Bad um. Plötzlich hörte er einen Schrei, es war Lisa-Marin, die da schrie, kein Zweifel, dann fiel etwas zu Boden. Rasch zog er sich fertig an und trat aus dem Bad ins Zimmer.

„Verdammt, wie blöd von mir!" Lisa-Marin stand vor einer heruntergefallenen Vase, die in drei großen Stücken auf dem Fußboden lag. „Ich hoffe, die war nicht teuer!" Sie las die Scherben auf und legte sie übertrieben behutsam – als wären wenigstens noch die Scherben zu retten – auf den Tisch.

„Machen Sie sich mal keine Gedanken, so schlimm wird's schon nicht sein." Burkhard musste seine Ungeduld im Zaum halten. „Haben Sie diesen Hendrik erreicht, ja?"

„Hendrik? Wieso?" Sie machte ein überraschtes Gesicht.

„Haben Sie nicht eben telefoniert?"

„Doch, das schon, aber nicht mit ihm. Mit einer Freundin habe ich gesprochen."

„Na schön. Lisa, wir müssen los. Besser gesagt: Ich muss los. Es ist Zeit, ich muss auf diesen Gesellschaftsabend, verstehen Sie?"

„Ja, natürlich, verstehe ich. Kein Problem, gehen Sie ruhig."

„Gut, dann los", meinte er. Sie nickte und zog sich an. Zum Glück fragte sie mit keinem Wort, ob sie ihn begleiten dürfe. Er wunderte sich, war aber dankbar und erleichtert, dass es so war.

„Ich gehe ins Kino", meinte Lisa-Marin, als sie vor dem Hotel standen. „Meine Freundin hat mir einen Film empfohlen, den ich mir ansehen werde. Das Kino ist nicht weit von hier, ich gehe zu Fuß hin. Hendrik habe ich zwar nicht erreicht, aber immerhin konnte ich ihm auf seine Mailbox sprechen. Er wird sich bestimmt bald melden."

„Gut! Dann viel Spaß!"

Er atmete durch, als er endlich im Taxi saß und winkte ihr aus dem Auto noch einmal zu, doch sie winkte nicht zurück, obgleich er sicher war, dass sie ihn gesehen hatte.

16

Der Gesellschaftsabend! Mochte er diese Art von Ereignis eigentlich? Nein, natürlich nicht! Doch, ein bisschen schon…

Dieses Beisammenstehen und Plaudern, dieses Sich-Aufplustern, diese verspielt und ernsten Kompetenz-Beweis-Unterhaltungen, gefiel ihm das? Anderen (*und auch sich selbst*) gegenüber machte er sich regelmäßig lustig über dieses Event, aber war da nicht auch unüberhörbar in ihm drinnen die Stimme der Eitelkeit, die so angenehm in den Ohren klang, dass man ihr gern zuhörte, wenn sie sprach? Waren beispielsweise die Häppchen, die man hier kredenzt bekam, nicht eigentlich viel mehr als nur irgendwelche Häppchen, sondern waren Ausdruck, ja Symbol der Wertschätzung jedes Einzelnen? Waren sie nicht Ausdruck und Symbol der Achtung dessen, der sich hier einfand und sie verschlang, der hier stand und plauderte über dies und das, mit diesem und jenem, der sich in Übertreibung übte und schwindelte, wenn er etwas sagte, der lachte und scherzte – und wo in allem doch ein so eigenartiger Ernst lag, weil man wusste, man war etwas, man bedeutete etwas – würde man sonst hier sein, lachen, scherzen, Häppchen essen? Die einen definierten sich nach ihrem Impact-Faktor, einem wissenschaftlichen Publikationswert, der diese Art der Hierarchie definierte. Die anderen sahen ihren Wert in den erreichten Positionen und in der Größe ihrer Klinik. Burkhard sah sich überall eher im Mittelfeld. Ein Vorteil! Er schien niemandem gefährlich, aber er gehörte doch dazu.

Diese Gedanken zuckten für eine Sekunde in ihm auf, doch schon mit dem nächsten Häppchen waren sie hinuntergeschluckt und wurden verdaut und aufgelöst.

Burkhard war froh, dass Lisa-Marin nicht hier war. Eben stieß ein Kollege, Chirurg aus Hamburg, in die Runde, in der Burkhard stand; der Mann, er war etwa Mitte fünfzig, war nicht allein, seine Nichte, Studentin aus Leipzig, war an seiner Seite, zumindest stellte er sie so vor. Diese Frau, das war jedem in der Runde augenblicklich klar, war so wenig dessen Nichte wie ein Kreis eine Ecke hatte. Dieser Schwindel war jedoch nichts, was hier großes Aufsehen erregte, man kannte diese Spielchen zur Genüge.

Würde Burkhard hier mit Lisa-Marin auftauchen und erzählen, sie sei (*nur*) seine Studentin, gäbe es nicht den geringsten Zweifel, dass auch das erstunken und erlogen war, selbst wenn er ihre Immatrikulation vorlegen würde. Niemand würde das überzeugen, denn darum ging es ja gar nicht, schließlich konnte man auch mit seiner Studentin ins Bett gehen. Wenn Lisa-Marin eine dicke, pockenvernarbte, dick bebrillte, kurzbeinige Frau wäre, das wäre ein Argument, das würde ihn entweder schützen gegen jeden Verdacht oder aber man würde an seinem Geschmack zweifeln. Aber das war sie nun einmal nicht, sie war schlank, jung, hübsch, makellos, und deswegen war er froh, dass sie nicht hier war. Nächstes Jahr würde Constanze wieder hier an seiner Seite stehen, und er würde die Blicke der anderen aushalten müssen, die Blicke, die fragten: alles wieder klar bei euch? Oder auch, ob seine Frau wohl Bescheid weiß? Auf diese Blicke wollte er tunlichst verzichten. Es reichte, dass sie beide vorhin auf der Industrieausstellung zusammen gesehen worden waren. Er nahm sich vor, nächstes Jahr, wenn er wieder mit Constanze hier wäre, Lisa-Marin möglichst oft zu erwähnen, vor allem in Gegenwart von Constanze, sodass alle wussten, woran sie bei ihm, Burkhard, waren.

Der Abend zog sich hin. Burkhard spürte schon bald die Müdigkeit in ihm hochkriechen. Er aß und trank, als hätte er lange nichts zu essen und zu trinken bekommen. Vielleicht war es auch bloß Langeweile. Wäre doch bloß Constanze jetzt hier, dachte er.

Dann entdeckte er Justus Meinrad, einen Kollegen aus Braunschweig. Justus' Ehe war angeblich vor einem knappen halben Jahr in die Brüche gegangen, Burkhard hatte vergessen, woher er das wusste, irgendjemand hatte es ihm erzählt. Angeblich hatte er eine Beziehung mit einer Assistentin, hieß es. Angeblich wolle er sie sogar heiraten.

So, wie es aussah, war Meinrad allein. Als er Burkhard sah, kam er sofort auf ihn zugelaufen.

„Grüß dich, Sperber!" Meinrad lachte und klopfte ihm dabei auf den Oberarm. Richtig, sie duzten sich seit letztem Jahr, das hatte Burkhard fast vergessen.

„Hallo, Justus. Schön dich zu sehen!"

„Wo ist Constanze?" Meinrad mochte Burkhards Frau. Vielleicht war er sogar in sie verliebt, dachte Burkhard jetzt. Man weiß ja nie. Warum sonst hätte er sich an ihren Namen erinnern sollen.

„Du, die ist verhindert, ich bin allein hier!"

„Allein, was?" Justus zwinkerte ihm zu. „Allein mit dir und einer jungen, hübschen Blondine, wie ich gesehen habe." Verdammt, was sollte er jetzt noch sagen? Alles würde komplett unglaubwürdig klingen.

„Justus, sie ist meine Studentin, mehr nicht." Burkhard lachte etwas gekünstelt und dachte dann, wie blöd das klingen musste, wenn er das sagte und dazu lachte! Genau das hatte er eigentlich verhindern wollen.

„Wie geht's dir?", versuchte er abzulenken und fragte dann scheinheilig: „Wo ist deine Frau?"

„Miriam geht's gut, wieso? Sie steht dort hinten." Er winkte ihr, die an der Bar stand und sich offenbar etwas bestellte, aber sie sah ihn nicht.

Burkhard vermied es, das Thema „Eheprobleme" anzuschneiden. Natürlich hatte Justus keine Lust darüber zu sprechen, nicht hier, nicht jetzt, nicht mit ihm. So gut kannten sie sich auch gar nicht.

Sie unterhielten sich noch eine kleine Weile, aber Burkhard dachte bei allem stets daran, dass Justus offenbar die Beziehung zu der anderen Frau beendet hatte und von Miriam noch eine Chance bekommen hatte – wären sie sonst zusammen hier? Dann kam Miriam dazu, stand aber bloß dabei, ohne etwas zu sagen. Offenbar ist ihr diese Sache auch unangenehm, dachte Burkhard. Wie tapfer, dass sie ihren Mann dennoch begleitete. Zum Glück steuerte man jetzt dem Höhepunkt dieses Abends zu, es spielte der weltberühmte chinesische Pianist Lang Lang. Burkhard dachte geradezu wehmütig an Constanze, die diesen Mann liebte und bewunderte, ja, er überlegte sogar, ihr gar nichts von Lang Lang zu erzählen, damit sie nicht allzu traurig wäre über das, was sie hier verpasste. Es war fast Mitternacht, als Burkhard im Taxi saß und sich zurück ins Hotel fahren ließ. Das Radio lief, aber so leise, dass es kaum wahrnehmbar war. Burkhard fragte sich, weshalb Taxifahrer das so häufig machten – ein Radio so leise laufen zu lassen, dass man kaum etwas hörte. Es roch künstlich nach Tanne, und Burkhard sah zwei kleine Duftbäumchen am Rückspiegel baumeln. Er sehnte das Ende der Fahrt herbei.

Erstaunlicherweise war die Müdigkeit inzwischen komplett gewichen, er fühlte sich fit wie den ganzen Tag nicht. Trotzdem freute er sich auf sein Hotelzimmer, auf eine Dusche, die Ruhe, die ihn dort empfing, freute sich auf den Schlaf.

Er lebte gern. Das dachte er jetzt: Ich lebe gern, dachte er und erfreute sich an diesem Gedanken, einmal sprach er ihn sogar leise und undeutlich vor sich hin und sah dann den Blick des Taxifahrers im Rückspiegel. Burkhard musste grinsen. Er dachte an den zurückliegenden Abend, an die Gespräche, an Justus Meinrad und dessen Probleme, die ungesagt blieben, vielleicht hätte er sie sogar geleugnet, wenn Burkhard ihn darauf angesprochen hätte. Er dachte an Constanze, an einen ganz bestimmten Gesichtsausdruck, den er mochte an ihr (*morgens, direkt nach dem Aufwachen*), dachte an Katharina, seine Tochter.

Alles war gut so, wie es war: Er hatte diesen Abend gemeistert, hatte sich gut unterhalten, sogar Miriam hatte er in der Spielpause zum Lachen gebracht, obschon die – verständlicherweise – ziemlich ernst war, so ernst kannte er sie nicht, aber er hatte sie doch zum Lachen gebracht.

Bei all seinen Gedanken und Reflexionen, die er während der Taxifahrt angestellt hatte, war ein Mensch vollkommen unberücksichtigt geblieben, und erst, nachdem er den Taxifahrer bezahlt, den Fahrstuhl genommen, den Schlüssel aus der Hose geklaubt, die Hotelzimmertür aufgeschlossen und in das Zimmer getreten war, fiel es ihm auf; nun konnte er nicht umhin, sich mit diesem Menschen zu beschäftigen, denn dieser Mensch saß auf dem Sofa, vielmehr lag dort und schlief: Es war Lisa-Marin.

17

Sie lag auf dem Sofa, das Radio, das auf dem Fußboden stand, lief leise. Lisa-Marin lag auf dem Rücken, sie atmete gleichmäßig und ruhig. Sie trug ein Nachthemd (*dass so etwas überhaupt noch jemand trägt, dachte Burkhard amüsiert; er jedenfalls kannte niemanden, der überhaupt ein Nachthemd besaß, andererseits: Von wem weiß man schon, was er nachts trägt?).* Es war ein hellblaues und es stand ihr gut. Burkhard beobachtete sie eine kleine Weile, er stand etwa zwei Meter von dem Sofa entfernt und sah sie an. Was sollte er jetzt machen? Sie aufwecken? Nein, das Beste war, sie einfach hier schlafen zu lassen. Er hatte Angst, dass sie aufwachen würde, während er noch immer neben ihr stand und sie ansah, sicher würde sie sich dann zu Tode erschrecken. Also ging er ins Bad und duschte heiß und lange. Anschließend trocknete er sich ab, putzte sich die Zähne und freute sich auf das Schlafen.

Als er das Bad verließ, sah er Lisa-Marin auf dem Sofa sitzen, sie lächelte ihn an und fragte:

„Na, wie war der Abend?"

Der Ton dieser Frage war ein anderer, den man einer Frage dieser Art normalerweise verlieh, einen interessierten, einen beiläufigen, vielleicht auch einen vorwurfsvollen Ton, je nach Absicht des Fragenden. Hier aber war die Absicht keineswegs Interesse,
Gleichgültigkeit oder gar Vorwurf. Hier war die Absicht eine andere; Burkhard begriff sofort, wie er den Ton dieser Frage einzuordnen hatte. Und als er es begriff, wurde ihm schlagartig klar, dass er darauf nicht vorbereitet war.

Sie stand jetzt vor ihm, kaum zwanzig Zentimeter entfernt, er konnte ihr Parfum riechen und den Duft ihrer Haare, sie sah ihn gar nicht an, sondern berührte ihn am Bauch, steckte ihren Zeigefinger in seinen Bauchnabel und löste das Handtuch, das er sich um die Hüfte geklemmt hatte. Sie kicherte leise, und das riss Burkhard für Sekundenbruchteile aus dieser Stimmung und Atmosphäre, die ihn lähmte und gleichermaßen entspannte. Er wollte sich umdrehen, aber sie zog ihn wieder zu sich und küsste ihn kurz auf die Wange, auf die Brust, auf den Bauch, nahm seine Hand und dirigierte sie auf ihren Bauch, ihre Brust – ein letztes Mal versuchte er, seine Vernunft wieder einzufangen, aber es war zu spät, es war einfach zu spät; sie war wer weiß wo. Er hatte nicht die geringste Ahnung, wo er sie suchen sollte, und er wollte dann auch gar nicht mehr suchen, sondern sah Lisa-Marin zu und dem, was sie mit ihm anstellte, und dann wollte auch er mehr und nahm sich mehr. Als er einmal dabei aus dem Fenster sah, entdeckte er ein Flugzeug, das da an ihrem Fenster vorbeiflog, und er hatte komischerweise eine große Sehnsucht mitzufliegen, ganz gleich, wohin die Reise ging.

18

Kaum, dass er aufgewacht war, wünschte er, ewig weiterschlafen zu können, nicht aufstehen zu müssen, liegen zu bleiben, die Minuten und Stunden, oder noch besser, den ganzen Tag verstreichen lassen zu können. Das aber war vollkommen unmöglich, und das wusste er natürlich. Jetzt galt es, sich zu überwinden für diesen Tag, sich zu rüsten; er war freudlos und ohne Zuversicht und Energie.

Sein Kopf schmerzte, draußen schien die Sonne, ein Auto hupte, Reifen quietschten. Vor seiner Tür, auf dem Gang, hörte er jemanden laufen, ein Wägelchen quietschte, Flaschen wippten gegeneinander.
  Niemanden sehen! Niemanden hören! Das wünschte er sich. Er sah auf die Uhr; es war zwanzig nach sieben. Gegen zwölf sollte er auf der Messe sein, er hatte noch einen Vortrag und einige Verabredungen. Undenkbar, so zu tun,

als hätte es das, was ihn gerade beschäftigte und was in den letzten Stunden, in dieser Nacht, passiert war, als hätte es das nicht gegeben! Undenkbar, sich gleich zu waschen, in den Spiegel zu sehen, zu frühstücken, zum Kongress zu fahren und den Leuten in die Augen zu sehen!

Im Bad rumpelte es, er hörte nicht hin. Die Brause wurde aufgedreht, er hörte das Wasser laufen, hörte das Quietschen der Füße auf dem nassen Duschboden – wurde da jetzt etwa gesungen?

Nein, er hatte sich verhört; das Radio lief leise, das Radio neben dem Bett, auf der anderen Seite des Doppelbetts. Er rollte sich sofort hinüber und drehte es aus. Herrje, könnte er doch die Zeit anhalten! Oder besser noch – zurückdrehen! Alles ungeschehen machen, was passiert war.

Er stand auf und ging zum Fenster. Lugte durch den Vorhang auf die Straße, sah die Autos und die Fußgänger, und kam sich vor wie ein Fremder, wie jemand, der hier nicht hingehörte, wie von einem anderen Stern. Als er sich dann umdrehte, sah er sich im Spiegel. Er war nackt und erschrak fast, als er sich sah. Lange stand er da und betrachtete sich im Spiegel.

Plötzlich wusste er, was er zu tun hatte. Oder nein: Er wusste nicht, was er zu tun hatte, aber er wusste, dass er etwas tun musste, um nicht unterzugehen und um jemals wieder unter Leute zu kommen, ohne sich zu schämen. Er zog sich an, schlüpfte in Hemd und Hose, in Socken und Schuhe, und machte, dass er aus dem Zimmer kam.

Kaum hatte er die Tür hinter sich zugezogen, war ihm, als käme ihm eine frische Brise entgegen. Endlich konnte er durchatmen! Er stieg die Treppe hinab, ging durch die Halle und lief eilig nach draußen auf die Straße. Wie gut taten ihm die Luft, die Autos, die Fußgänger. Er hätte jubeln wollen vor Lust und neuer Kraft! Endlich war alles wieder möglich: der Tag, der Kongress, die Leute, sein Vortrag. Manchmal konnte alles so einfach und leicht sein!

Auf der anderen Straßenseite war ein kleines Café, dort würde er jetzt frühstücken. Als er das Café betrat, blickte der Ober auf, nickte ihm zu und kam sogleich mit der Karte an seinen Tisch. Von hier aus konnte er das Hotel sehen, schließlich war es direkt gegenüber; ja, er konnte sogar das Zimmer sehen, sein Zimmer, in dem er eben noch war.

Er bestellte ein Frühstück und wusste, dass der Tag gelingen würde, selbst wenn er das bis vor einigen Minuten noch nicht für möglich gehalten hatte. Er wusste, der Tag würde gelingen, weil er imstande war, alles zu vergessen, oder jedenfalls nicht mehr wichtig zu nehmen, was passiert war. Als der Ober das Frühstück brachte, bestellte er noch ein Glas Crémant.

Kurz nachdem es gebracht wurde, klingelte es auf seinem Handy. Es war Lisa-Marin. Er zögerte, ließ es drei- oder viermal klingeln, nahm dann aber das Gespräch an. Sie würde schon heute Nachmittag zurück nach Hause fahren, meinte sie. Burkhard war einigermaßen überrascht, schließlich wollte sie eigentlich bis zum nächsten Tag bleiben, um dann gemeinsam zurückzufahren. Es sei etwas dazwischengekommen, meinte sie, es tue ihr auch leid, aber es ließe sich nicht ändern. Burkhard zuckte mit den Achseln und wünschte ihr eine gute Reise. Schade, hörte er sie noch sagen und bezog es auf die Tatsache, dass sie nicht mehr bleiben konnte. Ja, schade, erwiderte er, obwohl er es nicht so meinte – im Gegenteil, er war sogar erleichtert, dass sie fuhr, dass er sich nicht mit ihr auseinanderzusetzen brauchte und er am Abend allein sein würde. Doch er hatte sich geirrt.

„Schade" war anders gemeint, war nicht bezogen auf ihre eilige Abreise, sondern vielmehr auf etwas, das Burkhards Leben schon bald grundlegend ändern sollte. Aber davon wusste und ahnte er jetzt nichts und freute sich darüber, dass sein Kopf wunderbar frei war, frei von Schuld und Reue, und wusste doch gleichzeitig, dass sich dieser Zustand schon bald ändern würde. Vielleicht – nein, ganz sicher! – genoss er ihn jetzt deswegen so sehr.

Er blieb bis zum späten Nachmittag auf der Messe, führte Gespräche, als ob nichts wäre, und hatte mehr und mehr genau das Gefühl: Es war nichts, es ist nichts passiert. Einmal, ganz kurz, als er allein einen Kaffee trank, dachte er an Lisa-Marin und hatte das Gefühl, als sei sie ihm schon wieder ganz fremd, als habe er sie lange nicht gesehen. Er musste lächeln bei diesem Gefühl und nahm es dankbar staunend an. Morgen ginge es zurück, zu Constanze, zu Katharina, seiner Tochter, in die Klinik. Er freute sich darauf, freute sich auf Constanze, Katharina, die Klinik, so, als wäre nichts geschehen.

Am Abend ging er nicht gleich ins Hotel, sondern aß zunächst eine Kleinigkeit. Allerdings nicht in der „Teufels Küche", sondern in einem Steakhouse. Dann ging er ins Kino und sah sich einen französischen Film an. Die Hauptdarstellerin erinnerte ihn an jemanden, und erst, als er wieder das Kino verlassen hatte und einen Spaziergang durch die Innenstadt machte, fiel ihm ein, an wen er dabei gedacht hatte: Lisa-Marin.

Es war inzwischen halb zwölf, noch immer war er nicht müde und hatte wenig Lust auf sein Hotelzimmer. Als er an einer Bar vorbeikam, ging er spontan hinein.

Es war nicht viel los, ein Pärchen saß am Fenster, ein anderes an der Theke, zwei junge Männer saßen an einem Tisch neben der Eingangstür. Burkhard setzte sich an die Theke und bestellte ein Bier. Das Pärchen am Fenster begann zu streiten; erst leise, dann immer lauter. Irgendwann standen sie auf und gingen, und man konnte hören, wie sie sich auf der Straße weiterstritten. Der Barkeeper grinste und Burkhard grinste zurück.

Kurz darauf kam jemand in die Bar, den Burkhard ein paar Stunden zuvor auf der Messe kennengelernt hatte, den Namen hatte er vergessen. Burkhard hatte ihn auf Anhieb gemocht. Der Mann hatte kurze, komplett graue Haare, er war klein – kaum einen Meter siebzig – und hatte strahlende, wache Augen in einem offenen Gesicht. Burkhard schätzte ihn auf Mitte fünfzig.

„Na, auch froh, dass es vorbei ist?" Der Mann setzte sich neben ihn an die Theke.

„Der Kongress?" Burkhard lachte und nickte. „Obwohl – dieses Mal war's ganz entspannt."

„Entspannt, ja? Na ja, ich bin jedes Mal gerädert, wenn ich wieder nach Hause fahre. Haben wir uns eigentlich schon vorgestellt? Jan Berger, Duisburg." Er bestellte ein Bier, Burkhard nannte ihm seinen Namen, und sie stießen an.

„Sind Sie allein hier?", fragte Burkhard.

„Ja, geschieden seit einem Jahr. Und Sie? Obwohl, was frage ich – ich hab Sie am ersten Tag schon gesehen, bei der Messe. Sie und Ihre Frau."

„Meine Frau?" Burkhard lachte. „Das war nicht meine Frau, das war eine meiner Studentinnen." Burkhard fand, dass er eine Spur zu laut gelacht hatte.

„Studentin?", fragte Berger. Er zwinkerte. Burkhard wurde heiß, er trank einen Schluck von seinem Bier, dann fiel ihm ein, dass es jetzt besser war, rasch zu reagieren. Er wunderte sich, wie offen dieser Jan Berger zu ihm sprach, darauf war er nicht vorbereitet.

„Nein, nein, tatsächlich, sie ist bloß eine Studentin. Glauben Sie mir!"

„Sie wissen schon, dass hier viele ihre angebliche Studentin, Cousine, Schwägerin und ‚Was-weiß-ich-noch-alles' anschleppen, oder? Da haben Sie es mit der Wahrheit nicht so leicht."

„Ich weiß, aber was soll ich machen? Meine Frau konnte nicht, und meine Studentin wollte gern. Also habe ich sie mitgenommen." Burkhard hoffte, dass Berger bald Ruhe gab mit dem Thema.

„Geht mich auch gar nichts an."

„Stimmt!", meinte Burkhard, und dann lachten sie beide.

Es war halb drei, Burkhard und Jan Berger saßen noch immer an der Theke, sie waren längst beim Du und waren beide betrunken. Burkhard sah auf die Uhr und meinte:

„Mensch, Jan, halb drei, lass uns mal langsam los. Morgen um halb neun geht mein Zug."

„Klar, aber der geht auch um halb neun, wenn du noch ein bisschen bleibst. Denk doch mal logisch!" Berger lachte und wollte ein neues Bier bestellen.

„Wir schließen gleich", meinte der Barkeeper und stellte ihnen beiden einen Schnaps auf die Theke.

„Na dann, arrivederci Amigo!" Berger hatte wirklich schon einiges intus, aber er war der Typ von der Sorte, die lustiger wurden, wenn sie etwas getrunken hatten, nicht traurig, melancholisch oder aggressiv. Burkhard gehörte zu denen, die sich immer noch halbwegs unter Kontrolle hatten, auch wenn sie kaum noch stehen konnten. Manchmal allerdings löste sich seine Zunge und er gab Dinge preis, die er sonst lieber für sich behielt. Und genau das passierte jetzt und hier.

Sie standen schon draußen, es war eine klare Nacht und Burkhard nahm ein paar tiefe Atemzüge.

„Bevor wir zwei auseinandergehen, muss ich etwas von dir wissen, mein Freund." Jan Berger stand noch in der Tür, während Burkhard bereits vier, fünf Meter gegangen war.

„Schieß los, was willst du denn wissen?"

„Jetzt mal ganz im Ernst: Deine Studentin war das nicht, oder?"

„Doch!", antwortete Burkhard. „Genau das war sie! Und das ist sie auch immer noch!"

„Na schön, aber sie ist trotzdem deine Kongressficke, oder?"

Burkhard lachte, als er die Frage hörte, gleichzeitig war er etwas erschrocken, wie unverblümt Jan die Sache auf den Punkt brachte.

„Herrschaftszeiten, wenn du es so genau wissen willst: ja, genau!"

„Wusste ich's doch!" Jan lachte, dass es dröhnte. „Wer kann dazu schon Nein sagen!"

„Ich hab's ehrlich gesagt nicht darauf angelegt. Sie hat mir ordentlich eingeheizt, weißt du? Ich kam abends ins Hotel, da sitzt sie auf dem Sofa und fängt dann schon an, an mir herumzufummeln. Jan, zeig mir den Mann, der ..."

„Ihr wohnt im selben Hotel, offenbar sogar im selben Zimmer, und du wunderst dich ...?"

„Nein, nein, sie sollte bei einem Freund wohnen, das hat nicht geklappt, und dann ... Aber wieso erzähl ich dir das eigentlich alles?" Beide lachten wieder.

„Mensch, Burkhard, mach's gut und pass auf dich auf!"

„Komm gut zurück nach Haus, mein Lieber. Schön, dich kennengelernt zu haben!"

Auf dem Weg zum Hotel dachte er an die letzten Tage, dachte an Lisa-Marin, an Constanze, an Jan Berger. Er dachte daran, wie es wohl sein wird, wenn Lisa-Marin ihn das nächste Mal wieder sehen wird, in der Uni, auf der Straße, bei Birgit, der Nachbarin. Er hoffte, dass sie es so sah wie er, nämlich als einmalig. Schön, zweifellos, aber einmalig. Und er hoffte, dass sie schweigen würde. Davon war er jetzt abhängig, von ihrem Schweigen. Er hoffte, dass sie dieses Schweigen nicht von irgendetwas abhängig machte und es also als Druckmittel einsetzte.

Er bereute, dass er Jan Berger davon erzählt hatte.

Es war Viertel nach drei, als er die Tür zu seinem Hotelzimmer aufschloss. Die Vorstellung, dass es rund vierundzwanzig Stunden zurücklag, dass er diese Tür aufgeschlossen hatte und Lisa-Marin auf dem Sofa sitzen sah, war seltsam, es kam ihm vor, als läge das alles viel weiter zurück.

Lisa-Marin war inzwischen natürlich längst wieder zu Hause. Was die jetzt wohl macht, dachte Burkhard. Dann fiel ihm ein, wie spät es war. Na ja, was wird sie jetzt schon machen, dachte er dann und grinste, schlafen wird sie.

19

Der Wecker riss ihn aus dem Schlaf. Es war halb sieben. Er hatte starke Kopfschmerzen, und noch während er ins Bad ging, fiel ihm ein, was er eben geträumt hatte: Er schwamm im Meer, das Wasser war blau und klar, unter ihm war die Tiefe zu ahnen, in der Ferne sah er ein Segelboot. Er schwamm von der Küste weg, ins offene Meer. Er fühlte sich fit und ausgeruht und hatte das Gefühl, ewig weiterschwimmen zu können.

Plötzlich kam ein Unwetter auf. Der Wind wurde stärker, das Meer unruhiger, aber er schwamm weiter von der Küste weg, statt umzudrehen. Der Himmel verfinsterte sich, linker Hand sah er eine kleine Insel in Reichweite, kaum fünfzig Meter entfernt. Aber er schwamm weiter; wohin, das wusste er eigentlich gar nicht.

Dann wurde es so stürmisch, die Wellen so hoch, das Meer so unruhig, dass er wusste, er würde ertrinken, wenn nicht ein Wunder geschähe. Und an das Wunder glaubte er, wie auch immer es aussehen würde. Wieder sah er in einiger Entfernung eine kleine Insel, er hätte sie mit einiger Mühe erreichen können. Aber er schwamm daran vorbei. Und dann zog etwas an ihm, zog ihn hinunter in die Tiefe, erst ganz sachte, dann immer kräftiger, er spürte, dass er kaum noch Kraft hatte, sich dagegen zu wehren. Und dann zog es ihn mit einem Ruck hinunter, er schrie, aber natürlich hörte ihn hier draußen niemand. Das Letzte, das er sah, war, dass es schlagartig aufhellte, die Sonne schien plötzlich wieder und das Meer beruhigte sich.

Er nahm eine Kopfschmerztablette, ging dann aber nicht unter die Dusche, sondern ins Wohnzimmer. Er nahm Stift und Zettel und schrieb den Traum auf, bevor er ihn vergaß. Dann ging er ins Bad und duschte eine halbe Stunde.

Bevor er hinunterging, um zu frühstücken, rief er Constanze an.

„Herrje, wie klingst du denn?", rief sie und lachte. Burkhard lachte auch. Er lachte, weil er froh war, ihre Stimme zu hören, er lachte, weil er sich freute, sie in ein paar Stunden wieder zu sehen und er lachte, weil er erleichtert war, dass Constanze offenbar nicht die leiseste Ahnung hatte,

was hier vorgefallen war. Er dachte, alles bleibt gut! Und sagte dann:
„Du, ich freu mich auf dich!"
„Du hast mir auch gefehlt", hörte er Constanze sagen.

Ihm blieb nicht viel Zeit. Es war Viertel vor acht, in einer Dreiviertelstunde fuhr sein Zug. Er trank zwei Tassen Kaffee, aß ein Brötchen und eine Kiwi, ging zurück zum Zimmer, holte seinen Koffer, checkte aus, stieg in eines der Taxis, die vor dem Hotel standen, und ließ sich zum Bahnhof fahren.

Er kam pünktlich zum Zug, und in dem Moment, als er sich auf seinen reservierten Platz setzte, fuhr der Zug los und fuhr ihn zurück nach Hause.

Er war allein in dem Abteil, zumindest für die Hälfte der Fahrt, dann stieg eine junge Frau mit einem kleinen Mädchen – vermutlich die Tochter – zu. Er grüßte und nickte ihr zu, was sie aber nicht erwiderte. Er hatte das Gefühl, als hätte ihn die Frau gar nicht bemerkt, was unmöglich war, doch sie setzte sich auf den Platz an der Abteiltür, nahm die Kleine auf den Schoß und beachtete ihn nicht, als wäre er gar nicht da.

Ab und zu schaute sie aus dem Fenster, blickte aber jedes Mal an ihm vorbei und sah ihn kein einziges Mal an. Burkhard dachte an einen Film, in dem der Held merkt, dass er unsichtbar geworden war, und wie er langsam daran verzweifelte. Auch er fühlte sich jetzt wie unsichtbar und konnte sich das Verhalten der Frau nicht erklären. Nach einer guten halben Stunde hielt der Zug, sie stand auf, nahm ihren Koffer und das Mädchen und verließ das Abteil.

Burkhard blieb irritiert zurück.

Zwanzig Minuten später klingelte sein Handy. Eigenartigerweise wusste Burkhard sofort, wer ihn da anrufen würde, und genauso war es auch: Lisa-Marin. Er ließ es ein paar Mal klingeln, bevor er sich entschloss, den Anruf anzunehmen.

„Ich bin's, Lisa!", hörte er sie sagen und nickte. Sie sprach auffällig leise.

„Hallo Lisa", sagte er.

Es entstand eine Pause.

„Wo bist du?", fragte sie. Wieder leise.

„Im Zug."

Pause. Dann wieder Lisa-Marin: „Was denkst du?" Was will sie, dachte Burkhard.

„Was ich denke?", fragte er dann. „Ich denke, dass es am besten ist, wenn wir die Sache so schnell wie möglich wieder vergessen."

„Die Sache? Klingt komisch, wie du das sagst. Fandest du es denn gar nicht schön, oder was?!"

„Lisa, bitte. Ich bin verheiratet, ich liebe meine Frau, du bist meine Studentin. So sind die Tatsachen."

„So sind also die Tatsachen. Na, dann weiß ich ja jetzt Bescheid." Lisa-Marin legte auf.

Burkhard schüttelte den Kopf und steckte das Handy zurück in die Innentasche seiner Jacke.

Kurz darauf klingelte es erneut. Wieder war es Lisa-Marin.

„Tut mir leid, ich hab es nicht so gemeint. Ich habe nur das Gefühl, dass es dir überhaupt gar nichts bedeutet." „Lisa, es war schön, aber es ist nicht gut, verstehst du?" „Ja, du hast ja recht. Also, ab jetzt wieder alles wie gehabt. Okay. Mach's gut, bis bald."

„Tschüss, Lisa."

Er schaltete das Handy aus und versuchte zu schlafen. Eine Stunde Fahrt lag noch vor ihm. Dann wäre er wieder zu Hause.

Aber schlafen konnte er nicht, trotz seiner Müdigkeit. Er blätterte in einem Magazin, das er auf der Kofferablage fand, doch eigentlich interessierte ihn nichts, was darin stand. Er wünschte, die Fahrt möge schnell enden. Aber sie zog sich hin, und die Stunde kam ihm schier endlos vor. Er dachte an das Gespräch mit Lisa-Marin. Was erhoffte sie sich? Dass er seine Familie verlassen würde für sie? Dachte sie das wirklich?

Als der Zug endlich in den Bahnhof einfuhr, konnte er Constanze und Katharina ausmachen, die am Bahnsteig standen. Sein Herz hüpfte vor Freude, als er die beiden sah, und gleichzeitig war er beklommen. Er versuchte, dieses Gefühl zu unterdrücken, ein für alle Mal. Und als er ihnen entgegenlief, glaubte er, dass es ihm gelungen war.

20

Den folgenden Tag hatte er sich freigenommen. Er schlief lange, ja er verschlief sogar das Frühstück, denn als er aufwachte, wurde ihm klar, dass Constanze bereits das Haus verlassen hatte. Katharina hatte sie vorher in die Kita gebracht, wie jeden Morgen.

Im Bad lag ein Zettel: Du hast geschlafen wie ein Murmeltier! Komme heute schon gegen eins zurück! Kuss, C.

Er lächelte und legte den Zettel zu den anderen in eine kleine Schachtel, die er in einer Schublade des Nachttisches aufbewahrte. Hierin fanden sich wohl 4 oder 5 Dutzend dieser kleinen Nachrichten von Constanze, denn er bewahrte stets jede einzelne auf.

Burkhard duschte und zog sich an; er spürte eine gewisse Eile oder Ungeduld, die er sich nicht ganz erklären konnte.

Er ging hinunter in die Küche; Constanze hatte für ihn gedeckt. Als er sich einen Kaffee machte, klingelte das Telefon, doch nach dreimaligem Läuten wurde wieder aufgelegt. Die Rufnummer war unterdrückt worden, aber ihm schwante, wer es gewesen war, der da etwas von ihm wollte. Er drehte das Radio an, frühstückte, las dabei die Zeitung und genoss die Ruhe, die jetzt endlich bei ihm eingekehrt war. Er freute sich auf Constanze und den Nachmittag mit ihr, denn erst um vier würden sie Katharina aus der Kita abholen.

Jan Berger, den er am Abend zuvor in der Kneipe kennengelernt hatte, kam ihm jetzt in den Sinn. Sie hatten zum Abschied ihre Telefonnummern ausgetauscht, er zog den kleinen Zettel aus der Hosentasche, auf den Jan seine Nummer gekritzelt hatte. Burkhard musste allerdings feststellen, dass er die Nummer nicht mehr erkennen konnte, denn der Zettel war nass geworden und die Schrift verschwommen.

Um halb zwei kam Constanze. Burkhard hatte ein Rosenkohlgratin im Ofen, mit dem er sie überraschte. Constanze liebte Rosenkohl.

Als sie aßen, erzählte er ein paar Geschichten vom Kongress. Auch von Lisa-Marin erzählte er und hatte dabei nicht den Eindruck, dass er ihr etwas verschweige. „Deiner Studentin geht's wohl nicht so gut", meinte Constanze.

Wie sie das meine, wollte Burkhard wissen.

„Ich traf Birgit vorhin beim Einkaufen. Sie erzählte mir, dass Lisa den ganzen Tag im Bett liegt und ihr auf die Nerven geht mit ihrer Weltschmerz-Musik, die sie dauernd hört. Hat die denn heute keine Vorlesung?" „Jedenfalls nicht bei mir", meinte Burkhard trocken.

„Wieso ist die eigentlich nicht mit dir zurückgefahren? Das war doch eigentlich so vereinbart, oder?"

Burkhard hörte jetzt ganz genau hin: War da irgendein Unterton auszumachen?

„Sie rief mich an und meinte, es sei ihr etwas dazwischengekommen und sie müsse deshalb früher fahren. Ich habe ehrlich gesagt nicht weiter nachgefragt." „Aber ihr habt euch gut verstanden?" War da ein Unterton? Nein, nicht wirklich.

„Ja, im Großen und Ganzen schon." Herrje, was sollte das jetzt: im Großen und Ganzen? Er hätte sich ohrfeigen können für diese Antwort!

„Ist auch egal." Constanze winkte ab. „Auf jeden Fall ist die komisch drauf."

Burkhard erzählte jetzt von Jan Berger. Zum Glück gelang es ihm damit, das Thema „Lisa-Marin" abzuhaken, ohne dass es Constanze bemerkte.

Nach dem Essen machten sie einen Spaziergang. Es war kurz nach drei, als sie Birgit, ihrer Nachbarin und Lisa-Marins Vermieterin, auf der Straße begegneten.

Sie begrüßten sich. Birgit, so schien es, musterte Burkhard auf ungewohnte Weise.

„Sag mal, war Lisa in den letzten Tagen auch schon so merkwürdig?"

„Wieso? Was ist denn mit ihr?" Als er das sagte, spürte er Constanzes Blick von der Seite.

„Vorhin saß sie kurz in der Küche und war überhaupt nicht ansprechbar. Und plötzlich fängt die zu weinen an. Ich verstehe das überhaupt nicht." Burkhard blieb ganz ruhig.

„Birgit, keine Ahnung", meinte er. „Ich weiß nicht, was sie hat. Es ist jedenfalls nichts vorgefallen."

Burkhard sah keinerlei Zusammenhang zwischen Lisa-Marins Verhalten und dem, was sich zwei Tage zuvor abgespielt hatte. Vielmehr vermutete er, dass der Grund derselbe war, weshalb sie früher die Heimfahrt angetreten hatte. Er nahm an, dass es mit ihrem Freund zu tun hatte. „Na ja, ich kann ihr auch nicht helfen", meinte Birgit und winkte ab.

„Burkhard, wir müssen die Kleine abholen!", mahnte Constanze. Er war froh, dass sie nun weiterziehen mussten. Er nickte Birgit zu.

„Das wird schon wieder!", sagte er, und sie verabschiedeten sich.

Es wurde noch ein richtig schöner Tag: Nachdem sie Katharina abgeholt hatten, gingen sie in den Zoo und kehrten erst um halb sieben zurück. Es war schön, zu sehen, wie glücklich und ausgelassen die Kleine war. Nachdem sie zu Abend gegessen und Katharina ins Bett gebracht hatten, dauerte es nicht mehr lange, bis auch sie schlafen gingen.

Es war die schöne Ruhe vor dem Sturm. Niemand ahnte, dass schon am selben Abend die Gewitterwolken heraufzogen, dass sich der Himmel über Burkhard und seine Familie mehr und mehr elektrisierte und verfinsterte, und dass sich am nächsten Vormittag alles entladen würde, was sich da aufgestaut hatte.

Wie das Leben sich binnen weniger Momente umdrehen und wie die Umwälzung aller Werte innerhalb von kurzer Zeit vonstattengehen kann! Wie schnell alles, wofür man lange und hart gearbeitet hatte, vom Untergang bedroht ist! Es ist dieselbe Welt, in der man lebt, dieselbe Luft, die man atmet, dasselbe Haus, in dem man wohnt, dieselben Menschen, die man täglich sieht. Und doch ist alles anders: dieselbe und doch eine andere Welt, dieselbe und doch eine andere Luft, dasselbe Haus und doch ein anderes, dieselben Menschen, und doch sind es andere Menschen.

Das Gewitter, das über Burkhard und über alle, die ihm wichtig waren, hereinbrach, war ein fürchterliches. Es war nicht absehbar, ob es vorüberziehen würde.

Eine Nacht noch, in der er gut schlief. Ein Morgen noch, an dem er entspannt aufstand, duschte, sich rasierte und auf den Tag freute.

21

Birgit rief in aller Frühe an, Constanze stand unter der Dusche, und Burkhard war gerade dabei, für Katharina das Frühstück vorzubereiten. Die saß vergnügt in ihrem Stühlchen und spielte mit einem blauen Holzklötzchen, das Burkhard ihr gegeben hatte, um sie zu beschäftigen. Dann fiel es ihr herunter, Burkhard hob es wieder auf und gab es ihr. Katharina strahlte. Das Telefon klingelte.

Burkhard überlegte einen Moment, dann, etwa fünf Sekunden später, drückte er auf den grünen Knopf des Telefons, um das Gespräch anzunehmen. Es waren die letzten ruhigen fünf Sekunden, die er für lange Zeit haben sollte. Es war Birgit.

„Burkhard, ich bin's, Birgit. Weißt du, wer oben in seinem Zimmer sitzt und völlig aufgelöst ist?"

Was sollte diese Frage? Burkhards Herz begann augenblicklich schneller zu schlagen, er spürte es in seinem Hals pochen. Ja, er hatte den Eindruck, als könnte er es hören, sein Herz.

„Lisa, vermute ich. Guten Morgen erst mal. Worum geht's denn eigentlich?"

„Worum es geht? Das fragst du noch, Burkhard?"

„Birgit, bitte, raus mit der Sprache, was ist los?"

„Was hast du mit Lisa angestellt?"

Diese Frage würde er nie vergessen. Was hast du mit Lisa angestellt? Dieser Satz würde ihn noch lange begleiten.

Zunächst interpretierte er diese Frage anders als gemeint, nämlich im Sinne von: Du hast mit ihr gespielt und hast ihr Herz gebrochen. Dafür musst du dich jetzt verantworten.

„Was meinst du bitte mit angestellt? Was ist los, Herrgott noch mal?!"

Wie blöd war diese Lisa-Marin eigentlich, dass sie Birgit gleich davon erzählt hatte, kaum, dass sie wieder zurück war? Wieso hatte sie nicht mit ihm gesprochen? Stattdessen schüttete sie ihr Herz bei Birgit aus! Er konnte es kaum fassen.

„Du hast sie vergewaltigt, Burkhard. Meinst du, damit kommst du so einfach davon?"

Was hast du mit Lisa angestellt? Diese Frage musste nun völlig anders interpretiert werden. Nicht ihr Herz hatte er gebrochen, es sah viel schlimmer aus.

„Was soll das heißen – vergewaltigt? Hat sie das etwa behauptet?"

„Ich wusste es sofort!", entgegnete Birgit.

In diesem Moment begann Katharina zu schreien. Sie saß in ihrem Stühlchen und drehte sich nach ihm um. Constanze erschien in der Küche, ihre Haare waren noch nass vom Duschen, und sie schaute einigermaßen irritiert. Burkhard drohte die Nerven zu verlieren. Was um Himmels willen ging hier vor?

„Birgit, beruhige dich, nichts davon ist wahr. Ich komme in einer Stunde rüber zu dir und wir klären die Sache!" „Ich habe bereits die Polizei informiert." Damit legte sie auf. Burkhard starrte fassungslos auf das Telefon.

„Was ist denn los?" Constanze gab Katharina etwas von dem Brei, der auf dem Küchentisch stand. Burkhard überlegte einen Moment, dann schüttelte er den Kopf.

„Es war Birgit", sagte er dann. „Lisa behauptet, ich hätte sie vergewaltigt."

„Wie bitte?" Constanze blickte ihn entgeistert an.

„Ich muss rüber zu Birgit und das klären!"

Bevor Constanze Fragen stellen konnte, war Burkhard schon verschwunden und aus der Tür.

22

Er lief die zweihundert Meter bis zu Birgits Haus und dachte dabei hundert Gedanken gleichzeitig: Warum tut sie das? Wieso hat sie es ausgerechnet Birgit erzählt? Mit wem hat sie noch gesprochen? Mit ihren Eltern? Einer Kommilitonin? Was, wenn es seine Studenten erfahren, seine Kollegen? Wie wird Constanze reagieren, wenn er ihr beichtet, was passiert war? Und immer wieder: Warum um Himmels willen tut Lisa-Marin das? Was will sie erreichen? Er verstand es einfach nicht.

Burkhard klingelte. Es dauerte eine Weile, bis man ihm öffnete. Birgit stand vor ihm und sah ihn an.

„Ich bin sprachlos, Burkhard", sagte sie dann, „ich weiß nicht, was ich sagen soll."

„Lass mich erst mal rein, bitte." Burkhard hatte seine Ruhe wieder, die ihm Kraft gab. Birgit trat einen Schritt zur Seite, und als sie das tat und ihn hereinließ, war er voller Zuversicht, dass sich noch am selben Tag alles klären würde.

Birgit führte ihn ins Wohnzimmer; Burkhard nahm an, dass Lisa-Marin hier sitzen und ihn erwarten würde, aber das war nicht der Fall. Birgit nahm auf dem großen schwarzen Ledersofa Platz, Burkhard setzte sich ihr gegenüber in einen Sessel. Er schaute sie wortlos an, während sie sich eine Zigarette anzündete und die ersten Züge hastig rauchte.

„Was hat sie dir erzählt, Birgit? Ich möchte es genau wissen."

Birgit rauchte zwei, drei weitere schnelle Züge, sie sah ihn dabei an und sah in seine Augen; er hielt ihrem Blick stand, dann drückte sie ebenso hastig ihre Zigarette aus und sagte: „Sie saß gestern den ganzen Tag in ihrem Zimmer und hat sich nicht ein einziges Mal blicken lassen. Zuerst dachte ich, sie muss sich wahrscheinlich etwas ausruhen von den letzten Tagen, was weiß ich, wie so eine Veranstaltung aussieht, ich stell's mir jedenfalls schon ganz schön anstrengend vor. Na ja, ab und zu hab ich mal gehorcht, dauernd lief so eine Weltschmerz-Musik bei ihr. Und dann, gestern Abend, hab ich mal geklopft, vielleicht bedrückt sie ja was, dachte ich. Ich wusste, dass sie wach war, denn sie hat kurz vorher noch Musik gehört, aber als ich dann klopfte, hatte sie die ausgestellt. Sie tat so, als ob sie schlafen würde, obwohl es erst halb neun war. Jedenfalls hat sie sich nicht gerührt und ich bin wieder abgezogen." Birgit stand auf, ging in die Küche und kam mit einer neuen Zigarettenschachtel zurück, die sie sogleich öffnete und sich dann eine Zigarette anzündete.

„Und heute Morgen, es war noch nicht einmal sechs Uhr, da höre ich es schon rumoren im Haus und denke, was ist denn jetzt los, es ist Sonntag, normale Menschen schlafen da aus. Ich bin dann aufgestanden, na ja, und dann sah ich sie da sitzen, die Arme, auf der Treppe saß sie wie ein Häufchen Elend." Wieder machte Birgit eine Pause. Herrgott, warum kann sie nicht einfach weitererzählen, dachte Burkhard ungeduldig.

„Ich hab mich dann neben sie gesetzt und gefragt, was los ist. Mir war sofort klar – da ist was im Busch!" Sie schaute Burkhard streng an.

„Im Busch! Was soll das heißen – im Busch?", rief er aus und ärgerte sich im selben Moment, die Beherrschung verloren zu haben. „Bitte, erzähl weiter, Birgit!"

„Sie wollte halt nicht raus mit der Sprache", fuhr Birgit fort, „sie kauerte da auf der Treppe und sagte kein Wort. Dann hat sie deinen Namen genannt und irgendwie war mir alles sofort klar!"

„Was war dir bitte schön klar?!" Burkhard musste sich wirklich zusammenreißen. „Du tust so, als wäre ich der Schwerenöter in Person! Also bitte, was war dir sofort klar?"

„Dass da was Schlimmes gelaufen ist, Burkhard." Sie zündete sich eine neue Zigarette an und sah ihn mit todernster Miene an.

„Ich hab sie gefragt, ob es mit dir zu tun hat und da hat sie genickt."

„Und dann?"

„Und dann hab ich sie gefragt, ob du sie belästigt hast. Erst mal hat sie gar nichts gesagt."

„Und dann?" Burkhard hasste ihre Kunstpausen beim Erzählen. Das tat sie immer, aber hier war es doch wohl absolut unangebracht.

„Meine Frage war dann, ob du sie vergewaltigt hast, und da hat sie genickt."

„Da hat sie genickt", wiederholte Burkhard. „Wie kommst du dazu, sie so etwas zu fragen? Wie kommst du überhaupt auf einen solchen Gedanken?"

„Burkhard, es tut mir leid, aber ich habe sofort gespürt, dass es ernst ist bei ihr, dass ihr irgendetwas Schlimmes passiert ist; und wie du siehst, habe ich mit meiner Frage ja auch recht gehabt."

„Und das glaubst du ihr sofort, ja?"

„Was soll ich denn machen? Sie ist ein Häufchen Elend, du solltest sie mal sehen."

„Ja, das will ich auch. Wo ist sie denn?"

„Sie ist oben in ihrem Zimmer, aber lass sie erst mal."

„Sie lügt, Birgit. Sie lügt wie gedruckt."

Burkhard überlegte. Sollte er jetzt klarstellen, was wirklich gelaufen war zwischen ihnen? Nein, auf keinen Fall! Wenn er das jetzt einräumte, war jedem Verdacht Tor und Tür geöffnet.

„Birgit, es war nichts zwischen uns beiden." Birgit starrte ihn an und wollte etwas sagen.

„Wir haben nicht miteinander geschlafen. Also vergiss es, vergiss, was die dir gesagt hat, es war nicht so. Was Lisa da behauptet, ist eine glatte Lüge. So, und jetzt will ich zu ihr und sie soll mir ins Gesicht sagen, dass ich sie vergewaltigt habe."

Burkhard stand auf und lief aus dem Wohnzimmer. Birgit lief hinter ihm her.

„Burkhard, lass es. Ich glaube, das darfst du auch gar nicht. Ich habe die Polizei angerufen, sie müssten gleich hier sein."

Burkhard blieb stehen.

„Was darf ich nicht? Lisa zur Rede stellen? Du meinst also, sie darf behaupten, dass ich sie vergewaltigt habe, aber ich darf mich nicht verteidigen, ja?"

Er wollte gerade die Treppe zu Lisa-Marins Zimmer hochlaufen, als es an der Haustür klingelte. Burkhard blieb stehen und sah, wie Birgit zur Tür lief, sie öffnete und die beiden Polizisten begrüßte. Burkhard blieb auf der Treppe stehen, er sah, wie die beiden hereinkamen, wie Birgit die Tür hinter ihnen schloss und wie alle drei in den Flur traten und zu ihm heraufblickten. Er nickte und die beiden Polizisten nickten zurück.

Die zwei gaben zweifellos ein komisches Bild ab: Der eine war bestimmt zwei Meter groß, er hatte lange schlaksige dürre Beine, und stand irgendwie verloren herum mit gekrümmtem Rücken. Der andere war mindestens zwei Köpfe kleiner als sein Kollege, dicklich und mit zu kleiner Dienstmütze. Wenn die Situation nicht so ernst wäre, hätte Burkhard sich ein Schmunzeln kaum verdrücken können. Beim Anblick dieser beiden Männer konnte sich Burkhard kaum vorstellen, dass die ihm an den Kragen wollten.

„Sind Sie Herr Doktor Burkhard Sperber?", fragte der Lange. Er hatte eine beeindruckend tiefe Stimme. Burkhard nickte. „Ja, das bin ich."

„Und wo ist die junge Dame?" Der kleine Polizist wandte sich mit dieser Frage an Birgit. Die zeigte mit dem Kinn nach oben.

„In ihrem Zimmer", sagte sie.

„Gut, dann gehen wir mal zu dem Fräulein."

Der Kleine ging an Burkhard vorbei und klopfte an der Tür von Lisas Zimmer. Es dauerte nur einen kurzen Moment, bis sie sich öffnete. Burkhards Herz klopfte schnell und wild; wieder konnte er seinen Herzschlag in den Ohren hören. Er sah Lisa-Marin in der Tür stehen und wollte zu ihr gehen. Der andere Polizist hielt ihn allerdings zurück:

„So, jetzt fahren wir alle mal ins Präsidium und dort nehmen wir dann ein Protokoll auf!"

Sein Kollege kam mit Lisa-Marin die Treppe herunter. Lisa-Marin hatte rote Augen, sie sah Burkhard kurz an. Hatte sie dabei gelächelt? Fast kam es ihm so vor.

Er bot an, in seinem eigenen Wagen zum Präsidium zu fahren, die Polizisten nickten und gaben ihm eine Karte, auf der die Adresse stand.

„Reicht es, wenn ich in spätestens zwei Stunden dort bin? Ich müsste noch das eine oder andere erledigen."

Die beiden Polizisten sahen ihn erstaunt an und tauschten einen kurzen Blick untereinander. Der Lange nickte knapp: „In Ordnung. Der Staatsanwalt will Sie in spätestens zwei Stunden sehen."

Burkhard nickte stumm und verließ noch vor allen anderen das Haus. Er hörte, wie die Türen des Polizeiwagens geöffnet und wieder zugeworfen wurden, hörte, wie der Wagen sich in Bewegung setzte und sah ihm kurz hinterher. Er sah Lisa-Marins Hinterkopf, sie saß auf der Rückbank.

Er wartete darauf, dass sie sich nach ihm umdrehen würde, aber das tat sie nicht.

23

Ein schwerer Gang, der Weg zurück nach Hause! Ihm war klar, dass Constanze noch auf ihn warten würde. Deshalb wollte er sich etwas Zeit nehmen.

Wie sollte er ihr sagen, was er ihr sagen musste? Ihm fielen so viele Formeln und Phrasen ein, aufgeschnappt in Filmen und Büchern, es war lächerlich, sich hier bedienen zu wollen, wenngleich diese Film- und Buchbeichten alles sagten, was auch er zu sagen hatte.

Auf einmal stand er schon vor seiner Haustür und wusste gar nicht, wie er dahin gekommen war. Er schloss auf, ging durch den Flur ins Wohnzimmer und sah Constanze am Fenster stehen; sie schaute hinaus in den Garten. Er wusste, dass sie ihn gehört hatte, wusste, dass sie wusste, dass er hinter ihr stand – und je länger sein Schweigen dauerte, desto schlimmer wurde es, für sie und für ihn. Jede Sekunde Schweigen bedeutete Schmerz, bedeutete Eingeständnis dessen, was passiert war. Bevor sein Schweigen länger wurde, bevor sie dachte, sein Schweigen wäre die Bestätigung dessen, was Lisa-Marin ihm vorwarf, musste er etwas sagen.

„Es stimmt nicht, was Lisa behauptet!", sagte er, so fest und bestimmt wie möglich.

Constanze schwieg. Er ging ein paar Schritte auf sie zu. „Es stimmt nicht, es ist gelogen, ich weiß nicht, weshalb sie das tut."

Constanze drehte sich zu ihm um. „Was stimmt denn?" Burkhard sah sie an.

„Da war was, oder?"

„Ich sag dir, was stimmt – ja, da war was. Es ist passiert. Das stimmt."

Constanze nickte ernst.

„Auch, wenn es lächerlich klingt, ich sag's trotzdem: Es hat mir nichts bedeutet, rein gar nichts. Es ist passiert, das ist alles, und für mich ist es Jahrhunderte her."

Burkhard wunderte sich über das, was er sagte, oder besser, er wunderte sich über die Art und Weise, wie er es sagte. Aber so war es tatsächlich: Das Ganze schien eine Ewigkeit zurückzuliegen, dabei waren es bloß zwei Tage.

Wieder nickte Constanze.

„Constanze, was soll ich machen? Was sollen wir machen?" „Das fragst du mich? Du kommst daher und sagst mir, dass du mich betrogen hast - unter Zwang wohlgemerkt, denn hätte dieses Mädchen nicht ausgepackt, hättest du es auch nicht getan."

Burkhard wollte protestieren, aber Constanze winkte ab. „Und jetzt fragst du mich, was wir tun sollen? Was willst du denn gern hören, du schwanzgesteuertes Arschlosch?"

Sie sah ihn an, schüttelte den Kopf – und ging. Er blieb stehen, wo er war, ließ sie gehen, hörte das Zufallen der Tür und vergaß für eine Ewigkeit das Atmen.

Es dauerte fast zwei Stunden, Burkhard hatte keine Ahnung, wo sie steckte. Ihm war schwindelig, alles drehte sich, er dachte tausend Gedanken gleichzeitig, aber als er hörte, wie sich der Schlüssel im Schloss drehte und die Haustür geöffnet wurde, war er unendlich dankbar, auch wenn er nicht wusste, was jetzt käme. Aber Constanze war wieder da – und das war die Hauptsache.

„Warum tut die das? Warum macht diese Lisa das?" Constanze stand in der Wohnzimmertür und blickte ihn an. Sie hatte geweint, das konnte er sehen, ihre Augen waren ganz rot.

„Ich weiß es nicht", antwortete er.

„Mann, was weißt du eigentlich?", schrie Constanze. Er zuckte zusammen, als sie so schrie; er stand auf und ging ein paar Schritte auf sie zu.

„Sie rief mich hinterher ein paar Mal an", meinte er, „und ich habe ihr gesagt, dass wir das Ganze vergessen sollten. Sie bedeutet mir nichts, verstehst du. Und bei ihr scheint das was anderes zu sein, jedenfalls sieht es so aus.
Vielleicht will sie sich rächen."

„Ich habe vorhin die Polizei gesehen", meinte Constanze.

„Ja, Birgit hat sie verständigt."

„Birgit?"

„Ja, sie scheint sich da ziemlich zu engagieren. Sie hat Lisa sofort alles geglaubt, was die behauptet hat."

„Dann stimmt es also?"

„Herrgott, nein!"

„Ich verstehe das alles nicht." Constanze atmete tief ein und wieder aus. Burkhard ging zu ihr.

„Constanze", sagte er, „es tut mir so leid, wenn ich könnte, würde ich es ungeschehen machen. Ich kann mich kaum daran erinnern, weißt du?"

„Aber du weißt, dass du sie nicht vergewaltigt hast?"

„Ja, das weiß ich. Und ich hoffe, du glaubst mir. Was passiert ist, weißt du jetzt. Mehr war nicht."

„Musst du auch zur Polizei?" Burkhard nickte.

„Wo ist Katharina?", fragte er dann.

„Ich habe eine andere Mutter angerufen, ihre Tochter geht in dieselbe Kita, die hat Katharina vor zehn Minuten mitgenommen. Was wird jetzt aus der Sache?"

Burkhard sah sie an und zuckte mit den Schultern.

„Ich weiß nicht. Ich hoffe, Lisa nimmt alles wieder zurück, was sie da behauptet. Vielleicht hat Birgit sie da hineingedrängt."

Constanze fing wieder zu weinen an.

„Ich kann das alles nicht glauben. Heute Morgen war noch alles gut und von einer Sekunde auf die andere ist unser ganzes Leben nichts mehr wert."

„Es tut mir leid, Constanze. Ich wollte das nicht. Auch wenn es lächerlich klingt: Sie hat es darauf angelegt."

„Ja, und das glaube ich dir sogar. Aber trotzdem ist es passiert, und ich muss jetzt irgendwie damit umgehen. Wir haben eine Tochter, Burkhard. Wir waren eine glückliche Familie; ich war es zumindest." Burkhard nickte.

Er musste jetzt zur Polizei. Vielleicht würde sich dort alles aufklären, hoffte er. Vielleicht hätte der Spuk dann schon wieder ein Ende. Natürlich war ihm klar, dass sich von nun an vieles ändern würde. Wenn Lisa-Marin von dem Vorwurf der Vergewaltigung wieder abrücken würde, wäre das schon mal ein Anfang. Ihr Ziel hatte sie ja scheinbar erreicht. Constanze wusste, was sie wissen sollte.

24

Burkhard setzte sich ins Auto und fuhr los.
 Was passierte hier bloß? Was hatte er ausgelöst dadurch, dass er Lisa-Marin nachgegeben hatte? Was käme da noch alles auf ihn und seine Familie zu? Auf dem Weg zur Polizei rief er Hans Mertens, seinen Anwalt, an. Er kannte ihn schon lange, schon seit seinem Studium. Mertens, gebürtiger Wiener, war mit einer Kollegin von Burkhard verheiratet. Burkhard hatte ihn damals auf einer Geburtstagsfeier seiner früheren Mitstudentin kennengelernt. Sie hatten sich lange nicht gesehen.

„Grüß dich, Burkhard!", rief Mertens erfreut, „schön von dir zu hören!" Die tiefe, ruhige Stimme und der wienerische Singsang von Mertens waren ungemein beruhigend. Und er schien sich wirklich zu freuen. „Hallo, Hans." Burkhard bemühte sich, nicht aufgeregt zu erscheinen. „Entschuldige bitte, aber ich geh gleich ins medias res: Ich bin gerade auf dem Weg zur Polizei, eine meiner Studentinnen behauptet, ich hätte sie vergewaltigt." Es entstand eine kurze Pause.
 „Du lieber Gott, was ist denn das?", rief Mertens. „Burkhard, was erzählst du da? Wohin fährst du gerade? Zur

Polizei? Nein, nein, das lass mal schön bleiben. Mach dich bitte stattdessen sofort auf den Weg zu mir, also in meine Kanzlei. Du weißt ja, wir sind vor ein paar Monaten umgezogen?"

„Okay, dann bin ich in zwanzig Minuten bei dir. Bis dann, Hans."

„Ciao, bis gleich. Fahr vorsichtig!"

Burkhard war erleichtert, dass ihm der Gang zum Polizeipräsidium nun erspart bleiben würde. Hans Mertens kümmerte sich drum, er würde jetzt bei der Polizei anrufen und sie informieren.

Eine Viertelstunde später stand er vor der Tür der Kanzlei. Er klingelte, kurz darauf öffnete ihm Mertens höchstpersönlich die Tür.

„Was machst du für Sachen, hey? Was ist passiert?" Hans hielt ihn kurz an beiden Schultern und zog ihn durch den Flur in sein Büro. Die ganze Kanzlei roch nach ihm, nach seinem Aftershave. Burkhard wusste nicht genau, ob er dessen Duft mochte.

„Setz dich", forderte ihn der Anwalt auf. „Und erzähl bitte, was genau passiert ist."

Das tat Burkhard, und es dauerte eine ganze Weile, bis er alles geschildert hatte. Hin und wieder hatte ihn der Anwalt unterbrochen und eine Frage gestellt.

„Hast du ein Foto von ihr?", fragte Mertens, nachdem er die ganze Geschichte gehört hatte.

Burkhard schüttelte mit dem Kopf. Mertens ging zum Computer und tippte etwas ein.

„Ist sie das?"

Burkhard ging zu ihm und sah auf den Monitor. Das war sie, er nickte. Mertens hatte sie in einem Kontaktforum im Internet gefunden, wo Lisa-Marin mit Foto eingetragen war.

„Hübsches Ding", meinte Mertens, „da wär ich auch schwach geworden."

„Wenn du wüsstest, wie ich das bereue!" Burkhard winkte ab und seufzte.

„Klar, kann ich mir vorstellen", meinte Mertens. „Aber jetzt müssen wir handeln und nach vorn schauen. Wie lange hat der Spaß etwa gedauert?"

„Herrje, Hansi, ich habe dabei nicht auf die Uhr gesehen." Der Spaß! – Burkhard störte sich bisweilen an Mertens etwas laxer Ausdrucksweise.

„Wie lange etwa?"

„Nicht lange, vielleicht fünf oder zehn Minuten."

„Auf die übliche Art?"

Burkhard räusperte sich. „Ja, auf die übliche Art. Keine Experimente. Nichts, was wehtut, wenn du das meinst."

„Genau das meine ich."

„Wie geht's jetzt weiter?"

„Ich nehme an, deine Studentin wird Strafanzeige wegen Vergewaltigung stellen und dann kommt der Stein ins Rollen: Beweisaufnahme, eventuell Zeugenbefragung und so weiter. Dann wird entweder das Verfahren eingestellt oder die Staatsanwaltschaft wird Anklage erheben."

Burkhard seufzte laut und vernehmbar.

„Unschöne Sache, das Ganze, zweifellos", sagte Mertens, „aber alles wird sich klären. So, wie du es erzählst, hat diese Lisa-Marin nichts in der Hand gegen dich – also, was soll sie machen? Es gibt eine Chance, Burkhard."

Burkhard nickte. Sie verabschiedeten sich, und als sich die Tür hinter ihm schloss, hatte er Lust, zu verschwinden, in den nächsten Flieger zu steigen und alles hinter sich zu lassen. Ob er die Kraft hatte, diese Sache durchzustehen? Und Constanze? Wenn er sie verlöre, wüsste er nicht mehr, was er machen sollte. Er fuhr nach Hause und an der nächsten roten Ampel fing er an zu weinen.

Als er wieder vor seiner Haustür stand, konnte er Constanze von drinnen sprechen hören, offenbar telefonierte sie. Er schloss die Tür auf, hängte seine Jacke an die Garderobe und hörte jetzt nicht nur Constanze sprechen, sondern auch Birgit. Die hatte ihm gerade noch gefehlt!

„Ach, hallo", meinte Birgit, als er in die Küche trat, wo die beiden Frauen saßen. Burkhard nickte ihr stumm zu. „Hast du sie bei der Polizei abgeholt?", fragte er Birgit und setzte sich auf einen Küchenstuhl.

Die sah ihn misstrauisch an. „Ja. Oder besser gesagt: Erst habe ich sie ins Krankenhaus gefahren. Das war nämlich nötig."

„Wieso? Was war denn mit ihr?" Constanze war es jetzt, die fragte; sie wirkte noch ziemlich verunsichert. „Was mit ihr war? Sie hatte eine Blutung, wenn ihr es genau wissen wollt. Eine vaginale Blutung."

„Was hat das mit mir zu tun?" Burkhard spürte, wie die Aggression gegen Birgit und ihr Verhalten wuchs.

„Das solltest du doch am besten wissen, Burkhard." „In welchem Krankenhaus habt ihr die Untersuchung machen lassen?"

„In deinem", meinte Birgit.

Burkhard kochte. „Was soll der Quatsch?", fragte er. „Wieso ausgerechnet in meiner Klinik?"

„Na hör mal, schließlich geht es ja auch um dich, oder?" Birgit lehnte sich zurück und warf Burkhard einen trotzigen Blick zu.

„Wie kommst du eigentlich darauf, Lisa alles zu glauben, was sie behauptet? Erklär mir das mal bitte, ja?" „Wie redest du eigentlich mit mir?" Birgit schien tatsächlich entrüstet.

„Na hör mal: Lisa scheint bei dir ja mächtig einen Stein im Brett zu haben. Du nimmst ja alles sofort als Tatsache hin, was die so in die Welt setzt. Vielleicht überlegst du dir auch einmal, ob nicht ein Körnchen Wahrheit an dem ist, was ich sage? Wie wär's denn mal damit, ja!"

Burkhard war vollkommen schleierhaft, weshalb Birgit sich dermaßen in dieser Sache engagierte. Er überlegte, ob er sich irgendwann einmal im Zusammenhang mit Birgit etwas hatte zuschulden kommen lassen, aber da war nichts. Nichts, wofür die sich würde revanchieren oder rächen können. Im Gegenteil – Constanze und er hatten sich stets bestens mit Birgit verstanden. Wieso bloß jetzt diese Kehrtwendung? Er war ratlos. „Constanze weiß schon, weshalb", meinte Birgit jetzt. „Ich?", fragte Constanze. „Wieso ich? Was soll ich denn wissen?"

„Frauen haben ein Gespür dafür, wenn andere Frauen unter Männern leiden. …und die Polizei glaubt ihr ja auch." Birgit machte ein wichtiges Gesicht, als sie das sagte. Zumindest schien Burkhard das so.

„Ach so, alles klar, das wusste ich noch nicht." Burkhard winkte ab und schüttelte missbilligend den Kopf.

„Ja, Burkhard, du weißt so manches nicht. Du glaubst zwar, du bist ein Alleskönner und Alleswisser, aber das ist nicht so. Weißt du, ich hasse es, wenn Leute ihre Position ausnutzen und mit unschuldigen Dingern wie der Lisa machen, was sie wollen. Das ist absolut widerwärtig." Birgit stand auf.

„Nun mach mal halblang, Birgit!" Constanze wurde laut. „Ich verstehe auch nicht, weshalb du einen solchen Hass auf Burkhard hast. Hat er dir irgendwas getan, oder was?"

„Nee, mir gar nix!", meinte Birgit. „Aber wer weiß, wenn ich ein paar Jahre jünger wäre, sähe das vielleicht anders aus …"

„Du tust mir wirklich leid." Burkhard kochte innerlich, versuchte aber, sich nichts anmerken zu lassen.

„Birgit, bitte, geh jetzt!" Constanze blieb ruhig, aber entschlossen. Birgit verließ die Küche und knallte dann die Haustür hinter sich zu.

Constanze schüttelte mit dem Kopf und fing wieder an zu weinen.

„Ich verstehe sie nicht."

„Worüber habt ihr denn gesprochen, bevor ich kam?", wollte Burkhard wissen.

„Sie wollte wissen, was du mir erzählt hast über diese Sache."

„Und, was hast du ihr gesagt?"

„Gar nichts, ich habe ihr gesagt, dass sie das nichts angeht. Sie tut so, als wäre sie persönlich betroffen." Plötzlich begann Constanze zu weinen, sie hielt sich die Hände vor das Gesicht und schluchzte. Dann lachte sie bitter.

„Weißt du, was sie noch gesagt hat? Sie meinte, sie wundert sich darüber, dass Lisa ihren Mann nie angebaggert hat. So hat sie es ausgedrückt. Die blöde Kuh, diese!"

Burkhard wollte sie umarmen, aber sie drückte ihn weg. „Lass mich!", sagte sie, „ich muss das erst mal alles auf die Reihe kriegen."

Sie stand auf und ging. Burkhard blieb in der Küche sitzen und hörte, wie sie Treppe hochging.

Er schaute aus dem Fenster und sah eine Amsel auf dem Vogelhäuschen. Er wünschte sich jetzt, diese Amsel zu sein, diese Amsel auf dem Vogelhäuschen. Doch bevor ihm deutlich wurde, wie absurd dieser Gedanke war, riss ihn das Telefon aus seinen Gedanken. Es war Mertens, sein Anwalt.

„Grüß dich, Burkhard!"

„Hallo, Hansi. Na, was gibt's?"

„Pass auf, mein Lieber. Der Polizei oder Staatsanwaltschaft gegenüber wirst du dich nicht zur Sache äußern. Kein Wort. Alles läuft über mein Büro. Wenn die Presse sich meldet, sag gar nichts – leg auf und sag mir Bescheid. Jetzt setz dich einmal hin und schreib auf, wie dein Aufenthalt in München abgelaufen ist, schreib alles auf, jede Einzelheit, an die du dich erinnern kannst, okay? Erstens brauche ich das, und zweitens fällt dir vielleicht noch was zu deiner Verteidigung ein, ein Zeuge, eine klitzekleine Begebenheit, die etwas klären könnte, verstehst du?"

„Ja, ist okay. Bis wann brauchst du es denn?"

„Bis gestern."

„Gut, ich beeile mich. Bis morgen Nachmittag hast du alles."

„Wer war das?" Constanze stand jetzt neben ihm, er hatte sie gar nicht kommen hören.

„Es war Hans Mertens, *unser* Anwalt." *Unser* klang jetzt etwas sonderbar, denn nun war es ja in erster Linie sein Anwalt. „Er hat mich gebeten, alles, was in München passiert ist, aufzuschreiben, jeden Tag und jede Einzelheit." „Ich will das lesen. Darf ich es lesen, wenn es fertig ist?"

„Natürlich, wenn du willst, kannst du es lesen."

Constanze nahm ihn in den Arm. Burkhard weinte, vor Rührung, vor Erleichterung, vielleicht auch, dass Constanze zu ihm hielt. Die löste sich jetzt und sah ihn an:

„Ich bin bei dir, auch wenn du das getan hast. Jetzt geh ich für ein paar Stunden in die Agentur. Katharina ist bis vier Uhr in der Kita, ich hole sie dann ab."

Die nächsten Stunden verbrachte Burkhard damit, alles, was ihm einfiel, aufzuschreiben, jede Begebenheit, jede Kleinigkeit. Immer wieder kam ihm noch etwas in den Sinn, was er zuvor vergessen hatte. Um eins bekam er Hunger und schob sich eine Pizza in den Ofen, die er dann über seiner Arbeit vergaß, sodass sie am Ende völlig verkohlt und ungenießbar war. Er warf die Pizza in den Abfalleimer, öffnete das Küchenfenster, um den Gestank zu vertreiben, und aß dann zwei Brote und Müsli. Anschließend zog er sich an und ging eine Stunde spazieren.

Als er zurückkam, fiel ihm auf, dass die Tür zweimal abgeschlossen war. Normalerweise schloss er nie zweimal ab und war eigentlich auch sicher, das an diesem Tag nicht getan zu haben. Allerdings war er so müde und durcheinander, dass er den Schlüssel in Gedanken womöglich eben doch zweimal umgedreht hatte.

Als um vier Constanze mit Katharina auf dem Arm zurückkam, legte er seine Aufzeichnungen beiseite. Es waren inzwischen fast zehn Seiten.

„Hier riecht es ja entsetzlich! Ist dir was angebrannt?" Burkhard erzählte von der vergessenen Pizza im Ofen. Constanze sah Burkhards Aufzeichnungen auf dem Küchentisch und machte gleich wieder ein ernstes, bekümmertes Gesicht.

„Ich brauche noch ein paar Stunden", meinte er.

„Ja, mach nur", sagte sie. „Ich mach uns heute Abend etwas zu essen. Komm, ich habe Kuchen mitgebracht. Mach mal eine Pause. Nachher kannst du immer noch weiterschreiben."

Sie saßen dann zu dritt am Küchentisch und aßen den mitgebrachten Apfelkuchen; Burkhard war müde, das Erinnern und Schreiben kostete Kraft, alles kostete derzeit Kraft. Er freute sich aufs Schlafen und hatte gleichzeitig Angst davor. Vermutlich würde er sowieso spät zum Schlafen kommen, er wollte noch am selben Tag seine

Aufzeichnungen abschließen. Bis morgen Nachmittag würde ihm sicherlich noch so manches einfallen, was er vergessen hatte. Aber er durfte nichts vergessen, alles konnte wichtig sein. Er hatte gerade die Teetasse genommen, als ihm etwas Wichtiges einfiel, das er nicht notiert hatte. Er stellte die Tasse ab, nahm das letzte Blatt und schrieb es auf. Es war die Fahrt mit dem Taxi vom Kongress zum Hotel, die er vergessen hatte zu erwähnen. Lisa-Marin hatte sich beim Einsteigen den Kopf gestoßen, es hatte sogar etwas geblutet.

Das schrieb er jetzt auf, und zum Glück war ihm dieses Detail noch eingefallen, denn es sollte sich herausstellen, dass es wichtig war. Aber das, freilich, ahnte er jetzt noch nicht.

25

„Sag mal, hast du 'ne Kamera mitlaufen lassen?" Mertens hielt Burkhards Bericht in der Hand, nickte ein paar Mal und schob dabei anerkennend die Unterlippe vor. Es sah etwas seltsam aus, denn Mertens hatte eine recht wulstige Unterlippe. „Du kannst dich ja wirklich an jedes Detail erinnern. Erstaunlich, mein Lieber!"
„Hab mir Mühe gegeben", erwiderte Burkhard.
„Wann gehst du wieder in die Klinik?"
„Morgen. Morgen gehe ich wieder hin."
Mertens faltete die Hände: „Mach dir keinen Kopf, Burkhard, niemand dort weiß bisher etwas. War natürlich perfide von dieser Birgit Bergmann, mit dem Mädchen ausgerechnet in deine Klinik zu gehen, aber gut. Geschenkt. Immerhin hat sie nicht austrompetet, wer verdächtigt wird. Sie hat nur gemeint, dass sie wegen einer Vergewaltigung kämen."

Burkhard schüttelte den Kopf. „Blöde Kuh. Ich verstehe sie nicht."

„Ja, blöde Kuh, klar, aber jetzt vergiss sie. Man hat übrigens Lisas Unterwäsche von der Tatnacht asserviert, als sie im Krankenhaus war. Es wird nun untersucht, ob deine DNA nachzuweisen ist. Das Gleiche gilt für den vaginalen Abstrich, den man am selben Abend gemacht hat. Unsere Aufgabe ist es jetzt, dass wir deutlich machen, dass nichts dran ist an dem, was dir da vorgeworfen wird."

„Was willst du machen?"

„Ein Freund von mir ist Privatdetektiv", meinte Mertens, „er …" Burkhard unterbrach ihn mit einem Schnauben.

„Jaja, hast ja recht", meinte Mertens. „Klingt wie ‚Ein Fall für zwei – Matula', ist auch etwa so. Nur, dass ich nicht so dick bin wie der Strack." Er lachte und trank einen Schluck Kaffee.

„Was soll er denn herauskriegen?" Burkhard war skeptisch.

„Er soll Zeugen finden für das, was du behauptest und was dich entlasten könnte. Ich brauche den Taxifahrer, Hotelpersonal und wer weiß, wen noch alles. Der Mann ist gut, verlass dich drauf. Ach so, bevor ich es vergesse: Lisa behauptet, dass du sie an dem besagten Abend gezwungen habest, so viel Wodka zu trinken, bis sie nicht mehr Herr ihrer Sinne war. Widerstandsunfähig nennt man das. Anschließend habest du sie vergewaltigt. Das ist der Vorwurf."

Burkhard musste sich setzen. „Okay", sagte er nach einer langen Pause, „dann an die Arbeit."

„Wir müssen uns natürlich gegenüber der Staatsanwaltschaft schriftlich zu der Sache äußern. Ich werde ein Schreiben aufsetzen und es dir faxen. Wenn du mit meiner Version einverstanden bist, schicken wir es ab."

„Hansi, ich werde behaupten, dass alles erstunken und erlogen ist. Alles, verstehst du? Es ist auch nicht zum Verkehr gekommen."

„Gut, wenn du das so willst, können wir es machen, aber die Wahrheit ist besser. Verwechsle Constanze nicht mit dem Staatsanwalt. Das mit deiner Frau zu klären, ist deine Sache. Wir sollten erst das Ergebnis der DNA-Analyse von dem Slip und der Vaginaluntersuchung abwarten."

Burkhard nickte. „So lange wird das hoffentlich nicht dauern. Ich wünschte, das Ganze geht rasch über die Bühne, meine Nerven sind nicht gerade die besten."

„Kopf hoch, Burkhard, es wird sich alles klären."

Am nächsten Tag ging er also wieder in die Klinik (*er hatte sich krankgemeldet*). Aber natürlich war jetzt nichts mehr so wie vorher. Hinter jedem Blick, jedem Satz, jedem Schweigen glaubte er etwas zu erkennen. Der Tag kostete ihn so viel Kraft wie eine ganze Woche; als er am Abend nach Hause fuhr, wünschte er sich, einen Monat Urlaub machen zu können. Aber da musste er durch, er musste die Zähne zusammenbeißen, er musste kämpfen. Constanze war bei ihm, und mit ihr und ihrer Kraft würde es gehen.

„Lisa hat angeblich eine isländische Organisation kontaktiert, von der sie sich Hilfe verspricht." Es war halb zwölf, Constanze stand am Wohnzimmerfenster und schaute in den dunklen Garten, während sie sprach.

Burkhard war hundemüde.

„Was für eine Organisation ist das?", fragte er.

„Es ist eine Missbrauchsberatungsstelle. Stígamót heißt die. Ich habe es eben im Internet recherchiert."

„Missbrauchsberatungsstelle?" Burkhard schnaubte verächtlich. „Constanze, es ist alles so lächerlich! Wenn du wüsstest, wie mich das ankotzt, dass man sich so etwas anhören muss, diese vielen Lügen, es ist unerträglich!" Constanze drehte sich um und setzte sich zu ihm an den Tisch.

„Ich werd mal schauen, was dran ist", sagte sie.

Burkhard erwähnte den Privatdetektiv von Mertens, aber Constanze winkte ab: „Das schaffe ich auch allein."

In dieser Nacht schlief er schlecht, noch schlechter als schon in den letzten Nächten. Er hatte das Gefühl, alles entgleite ihm und alles wüchse ihm über den Kopf. Es fühlte sich an, als hätte er eine Tumorerkrankung. Sein Schicksal in den Händen anderer. Burkhard erinnerte sich an Lisa-Marins Berufswunsch. „Krebsärztin, das ist so schicksalhaft", hatte sie gesagt. Als um halb sieben der Wecker klingelte, war ihm, als hätte er gar nicht geschlafen. Dann aber fiel ihm ein Traum ein, er konnte sich nur noch an Fetzen erinnern: Er fuhr auf einem Fahrrad einen Berg hinauf, aber er brauchte gar nicht zu treten, im Gegenteil, es war, als führe er den Berg hinunter, er wurde schneller und schneller und schrie schließlich vor Angst.

In der Klinik sah er praktisch in jedem, der ihm begegnete, einen Wissenden, einen Informierten. Burkhard sprach wenig, machte seine Arbeit und war froh, als er abends heil wieder nach Hause fuhr. Unterwegs rief er Mertens vom Autotelefon an.

„Sexueller Missbrauch widerstandsunfähiger Personen hat bei einer Verurteilung automatisch einen Entzug der Approbation und einen Ausschluss aus der Ärztekammer zur Folge", klärte ihn Mertens auf. „Der entsprechende Paragraf greift leider, da Lisa behauptet, dass du sie betrunken gemacht hast und sie von allem nichts mehr weiß, weil sie durch den Alkohol widerstandsunfähig war. Sie sagt, du hättest sie gedrängt, dass sie die Übernachtungsmöglichkeit bei Birgit Bergmanns Bekannten absagt und stattdessen bei dir im Hotelzimmer übernachtet. Soweit der Stand der Dinge."

„Keine schönen Nachrichten, Hansi."

„Stimmt leider. Aber warte, ich hab da noch was. Herr Hebestreit, der Privatdetektiv, hat den Taxifahrer ausfindig gemacht, der euch in das Hotel gefahren hat. Er bezeugt, dass Lisa-Marin sich an seinem Wagen den Kopf gestoßen hat. Nur für den Fall, dass die behauptet, sie hätte diese Verletzung von dir, verstehst du?" Burkhard verstand.

Die nächsten Tage und Wochen tat sich nicht viel. Das Ergebnis der DNA-Analyse kam und kam nicht. Es war zum Verrücktwerden. Wieso dauerte das so quälend lange? Burkhard hatte Mühe, einen Rhythmus zu finden, der ihn durch den Tag brachte.

Dann, endlich, tat sich wieder etwas. Constanze stand schon in der Haustür, als er den Wagen in der Garage abstellte. Sie nahm ihn in den Arm.

„Lisa hat gelogen", meinte sie.

„Ja, natürlich hat sie gelogen, was denkst du denn?"

„Nein, ich meine, sie hat gelogen, als sie behauptete, sie habe sich bei dieser Hilfsorganisation gemeldet."

„Hat sie nicht?"

„Nein, hat sie nicht. Ich habe nachgeforscht und dort angerufen. Sie kannten sie überhaupt nicht, sie haben noch nie von ihr gehört."

Es gab Tage, da schien doch alles auf ein gutes Ende hinauszulaufen. Dieser Tag war so einer, der Hoffnung gab. Auch wenn Burkhard wusste, dass schon bald wieder Neuigkeiten kamen, die einem die Luft nahmen. „Übrigens,

Lisa wird in Kürze nach Island fahren." „Woher weißt du das?", fragte Burkhard.

„Die Mutter eines der Kinder in Katharinas Kita kennt Birgit, und die hat ihr das erzählt. Von dieser Mutter weiß ich es."

„Darf die das überhaupt, nach Island fahren?", fragte Burkhard.

„Frag doch Hans Mertens."
Er rief seinen Anwalt an.

„Gut", sagte er, als er die Nachricht mit der isländischen Hilfsorganisation hörte, „sehr gut. Wieder ein Stückchen zum Glück. Aber sag: Will Constanze meinen Privatdetektiv arbeitslos machen, oder was?" Beide lachten.

„Hansi, Lisa wird für einige Zeit nach Island gehen, habe ich gehört. Darf die das? Darf die so einfach gehen?"

„Ja, das darf sie. Sie muss nur sagen, wohin genau die Reise gehen soll, sodass man sie erreichen kann." „Gefällt mir trotzdem nicht", meinte Burkhard. „Hast du das Schreiben für den Staatsanwalt gelesen?", fragte Hans. „Ich hab es dir heute Vormittag nach Hause gefaxt."

„Nein", antwortete Burkhard, „mach ich gleich."

„Mach das, aber es hat keine Eile."

Gleich, nachdem er aufgelegt hatte, las er den Text. Mertens hatte gute Arbeit geleistet, alles war genauso, wie Burkhard es wollte. Er schickte es zurück.

Am Abend schauten sie fern. Burkhard schien es, als habe er das jahrelang nicht mehr gemacht: auf dem Sofa sitzen und fernsehen. Es kam ihm fremd vor, albern geradezu, er hatte Schwierigkeiten, sich zu konzentrieren, und als er Constanze etwas fragte und sie nicht antwortete, sah er, dass sie eingeschlafen war.

Allmählich kam Burkhard zur Ruhe; seine Zuversicht, dass sich bald alles klären würde, wuchs. Auch in der Klinik wurde es erträglicher.

„Schlechte Neuigkeiten, Burkhard." Hans Mertens rief ihn an einem Vormittag in der Klinik an. „Ich habe eben das Ergebnis der DNA-Untersuchung erhalten. Es findet sich auch männliche DNA."

„Scheiße! Meine?"

„Was denkst Du? Das war's dann mit der Behauptung, dass nichts war zwischen euch in der fraglichen Nacht."

„Und jetzt?"

„Jetzt setze ich ein neues Schreiben auf. Gut, dass ich noch nichts weggeschickt habe, dann wärst du jetzt in U-Haft. Wir werden sagen, dass es zum einvernehmlichen Geschlechtsverkehr gekommen ist, nicht aber zu einer Vergewaltigung. Aber es gibt noch etwas: An Lisas Unterhose ist deine DNA zu finden, aber in dem Vaginalabstrich, den man an dem Tag im Krankenhaus gemacht hat, nicht."

„Ach nee!"

„Ja, da staunt man!" Mertens lachte. „Da passt einiges nicht zusammen, Burkhard, es wird einfach kein Schuh draus. Wäre schön, wenn wir noch mehr finden. Übrigens, das Vögelchen ist inzwischen ausgeflogen." Burkhard wusste sofort, was er meinte. Lisa-Marin war nach Island gefahren.

„Hat sie gesagt, wie lange?", fragte er.

„Mir bestimmt nicht", meinte Mertens, „aber wenn wir sie brauchen, kommt sie bestimmt zurück."

Am Nachmittag rief Constanze an.

„Katharina ist krank", meinte sie, „ich habe sie eben von der Kita abgeholt."

„Was hat sie denn?", wollte Burkhard wissen.

„Sie hustet und hat Fieber."

„Ich komme etwas früher, okay?"

Um fünf war er zu Hause. Katharina lag in ihrem Bettchen, ihre Augen waren gerötet, sie hustete am laufenden Band und weinte.

„Morgen früh gehe ich zum Kinderarzt mit ihr. Sie hat fast neununddreißig Fieber."

Sie gaben ihr Paracetamol, Katharina beruhigte sich etwas und schlief ein.

„Ich habe Birgit heute Vormittag angerufen und sie gebeten, dass sie sich den Browserverlauf ihres Computers mal genauer anschaut. Wer weiß, was der so alles sagt über das Mädchen, verstehst du? Wer weiß, welche Seiten die so besucht hat?" Burkhard pflichtete ihr bei.

„Weißt du, was die gesagt hat? Ich soll sie in Ruhe lassen und mich lieber darum kümmern, ob es nicht noch andere Frauen gibt, die du so auf dem Kerbholz hast."

„Ach, lass die doch quatschen. Die wird sich wundern!" Burkhard winkte ab und ging in die Küche. Als er aus dem Fenster sah, entdeckte er Birgit, die ihr Fahrrad schiebend vorbeilief. Im selben Moment, als er sie sah, schaute auch sie herüber. Ihm schien, als habe sie gelächelt.

26

Katharina hatte schon am Morgen hohes Fieber, fast vierzig Grad. Constanze fuhr mit ihr zum Kinderarzt, Burkhard bat sie, ihn in der Klinik anzurufen, wenn sie mehr wüsste. Sie versprach, es zu tun.

An diesem Tag wurde Burkhard klar, dass er sich getäuscht hatte, als er dachte, niemand in seinem Kollegium wüsste, was man ihm vorwarf. Im Gegenteil, man wusste Bescheid, und das offenbar nicht erst seit Kurzem. Es war in der Mittagszeit; Burkhard hatte gerade erfolglos versucht, Constanze anzurufen, und machte sich dann in einem Zimmer neben dem Pausenraum einen Kaffee. Er hörte, wie zwei Kollegen den Raum betraten, er hörte ihre Stimmen und wusste gleich, wer es war: Dr. Peter Klar, Altlast-Oberarzt (*Burkhard hatte ihn von seinem Vorgänger übernehmen müssen*) und Sebastian Mittelmann aus der Orthopädie. Auch eine Krankenschwester war dabei.

„Wie das Ganze wohl jetzt weitergeht?", meinte Klar.

„Das würde mich auch interessieren", erwiderte Mittelmann.

„Ich kann mir jedenfalls vorstellen, dass an der Sache was dran ist, wenn du mich fragst!"

„Ach, komm." Mittelmann schnaubte. „Das glaubst du doch wohl selbst nicht."

Burkhard hielt den Atem an.

„Genau deswegen, weil man es sich eben nicht vorstellen kann. Genau darum, das sag ich dir. Sperber ist nicht ganz koscher!" Klar rülpste leise.

Tatsächlich – sie sprachen also über ihn! Burkhard stand in dem kleinen Raum, die Kaffeemaschine schmatzte vor sich hin.

„Mensch, Peter", hörte er Mittelmann sagen, „bist du noch bei Trost? Nur zur Erinnerung: Es geht hier um Vergewaltigung, und nicht darum, dass unser guter Sperber das OP-Besteck hat mitgehen lassen. Was sagen Sie denn dazu, so als Frau, meine ich?"

„Schwer zu sagen." Sigi Holsten war das, Burkhard erkannte jetzt auch ihre Stimme; sie war eine kleine, etwas beleibte, sehr zuverlässige Schwester. Burkhard mochte sie und war gespannt, was sie sagte.

„Ich glaube es nicht, ich kann es mir einfach nicht vorstellen. Nicht der Sperber! Ich war echt geschockt, als ich das neulich gehört hab. Aber man ist schon oft überrascht worden, wozu andere fähig sind. Ich sage trotzdem: nein!"

Burkhard hätte sie am liebsten umarmt.

Plötzlich stand Klar vor ihm, die Kaffeemaschine röchelte noch immer; Klar stand da und starrte ihn ungläubig an, sprachlos, kreidebleich von einer Sekunde auf die andere.

„Tag, Herr Klar. Schön zu hören, wie die Kollegen die Angelegenheit beurteilen." Burkhard nahm seinen Kaffee, nickte Klar zu und ging an ihm vorbei in den Aufenthaltsraum, in dem die beiden anderen saßen. Mittelmann machte ein Gesicht, als würde er den Heiligen Geist sehen. Sigi Holsten hingegen, die Krankenschwester, blickte entspannt und lächelte sogar. Er lächelte zurück und verließ den Raum.

Auf dem Weg zurück zum Büro merkte er, wie seine Hand zitterte, er verschüttete sogar hin und wieder etwas von dem Kaffee. Erst jetzt löste sich die Anspannung von eben, das Gespräch der Kollegen mit anhören zu müssen und die Nerven zu behalten, all das hatte ihn Kraft gekostet, seine Beine waren weich wie Butter, er hatte tatsächlich Mühe zu gehen. Was für ein Glück, dass er heute nicht mehr operieren musste. Im Büro angekommen, war die Tasse halb leer, er setzte sich an den Schreibtisch und atmete dreimal tief ein und aus. Dann rief er Constanze an. Diesmal nahm sie ab.

„Endlich", rief er, „ich habe es schon einige Male bei dir probiert. Was ist mit Katharina?"

„Sie hat das RS-Virus", antwortete Constanze. „Bronchitis. Hast du schon mal von dem Virus gehört?" „Ja, hab ich. Das kann ziemlich hartnäckig sein. Und jetzt?"

„Paracetamol, Nasenspray, in die Kita darf sie auf keinen Fall. Wir müssen uns was überlegen, es muss in den nächsten Tagen natürlich immer jemand bei ihr sein. Ich hab mir für morgen freigenommen." „Okay, mal sehen, was sich machen lässt." Von dem Pausengespräch würde er ihr am Abend erzählen. Oder doch nicht?

In einer knappen Stunde hatte er Röntgenbesprechung. Es klopfte an der Tür und kurz darauf stand Peter Klar in seinem Büro. Er ging ein paar Schritte auf Burkhard zu und blieb dann in der Mitte des Zimmers stehen.

„Sorry", meinte er. „War blöd von mir."

Burkhard war unschlüssig, wie er reagieren sollte. „Natürlich bin ich enttäuscht von Ihnen", sagte er, „aber was soll ich jetzt sagen? Mich würde allerdings interessieren, wie Sie das gemeint haben: Sperber ist nicht ganz koscher? Was meinen Sie damit?" Klar zögerte.

„Ach, keine Ahnung, nichts eigentlich", meinte er. „Was man halt so redet. Ich hab nix gegen Sie, ehrlich. Ich wollte bloß dem Mittelmann was entgegensetzen, das ist alles. Der sieht die Welt immer so himmelblau, verstehen Sie?"

Burkhard verstand nicht, er kannte Mittelmann zu wenig und hatte auch keine Lust, noch länger zu diskutieren. Er nickte. „In Ordnung", sagte er dann, und Peter Klar drehte sich um und ging.

Es war halb acht, auf dem Weg nach Haus klingelte sein Handy. Es war Hans Mertens, sein Anwalt.

„Hallo, Burkhard. Wo steckst du gerade?"

„Im Auto. Auf dem Weg nach Haus."

„Gut, komm kurz bei mir vorbei?"
„Im Büro?"
„Zu Hause."
Mertens Haus lag auf seinem Weg. Offenbar war es etwas Wichtiges.
„Bin gleich da, Hansi!"

Mertens empfing ihn schon an der Tür.
„Grüß dich, Burkhard", sagte er und ließ ihn herein. Sie setzten sich ins Wohnzimmer. Mertens bot ihm einen Cognac an, den Burkhard ablehnte. Auf dem Tisch stand eine Schüssel mit Salzstangen, Mertens liebte Salzstangen, auch in seinem Büro knabberte er pausenlos dieses Zeug. Burkhard musste grinsen, als er jetzt – wie auf Kommando – in die Schüssel griff und sich eine Handvoll Salzstangen nahm.
„Mich hat der Staatsanwalt heute angerufen", meinte er dann. „Es gibt einige Neuigkeiten, die ich dir mitteilen muss. Erstens: Ihr müsst eure Nachbarin in Ruhe lassen. Sie fühlt sich bedrängt. Sie hat sich beschwert, dass Constanze sie wegen des Computers angesprochen hat. Offenbar wollte sie herauskriegen, welche Seiten Lisa in der letzten Zeit besucht hat, stimmt's?"
Burkhard nickte. Er erzählte Mertens von der isländischen Missbrauchsberatungsstelle namens Stígamót, bei der sich Lisa-Marin nach eigenen Aussagen informiert hat, und davon, dass offenbar nichts davon der Wahrheit entsprach, wie Constanze herausgefunden hatte. „Da wäre der Browserverlauf ein wichtiges Indiz gewesen."
„Lasst das bleiben, lasst die Frau in Ruhe. Mensch, Burkhard, sonst droht dir eine Untersuchungshaft! Weißt du, was das bedeutet?"
„Ja, ist okay, ich werd's Constanze ausrichten."

„Gut. Dann zweitens: Es scheint Hinweise zu geben, dass Lisas Verletzungen sozusagen von ihr selbst stammen, es könnten Masturbationsverletzungen sein, das sagt ein Gutachten." „Na bitte!" Burkhard ballte die Faust.

„Schön und gut", sagte Mertens, „trotzdem wird der Staatsanwalt vermutlich Anklage erheben, Burkhard. Er ist überzeugt, dass das Mädchen die Wahrheit sagt. Offenbar hat sich deine Nachbarin so richtig eingeschossen auf dich, jedenfalls drängt sie den Staatsanwalt massiv, gegen dich vorzugehen. Mit Erfolg, wie man sieht."

„Aber was haben sie noch gegen mich in der Hand?"

„Sie haben die Aussage des Mädchens und sie haben den Slip mit deiner DNA."

„Lisas Aussage? Was ist die denn noch wert? Ihre Verletzung, die angeblich von mir stammt, hat sie sich selbst beigefügt – erste Lüge. Diese isländische Organisation kennt sie gar nicht – zweite Lüge. Und ich kann dir jetzt schon prophezeien: Lisa wird behaupten, ihre Kopfverletzung hätte ich ihr zugefügt! Das wird dann eine weitere Lüge. So viel also zu dem Wahrheitsgehalt von Lisas Aussagen."

„Wäre sogar gut, wenn sie das behaupten würde, denn wir haben ja jetzt den Taxifahrer." Mertens grinste. „Aber, Burkhard, vergiss den Slip nicht. Der wiegt schwer. Es ist deine DNA drauf!"

„Ja, Herrgott, dann posaunen wir eben in die Welt hinaus, dass ich sie gefickt habe. Ist nicht gerade etwas, mit dem ich mich brüste, aber so ist es nun mal. Das heißt aber noch lange nicht, dass ich ihr Gewalt angetan habe, dass ich sie vergewaltigt habe!" Burkhard schrie die letzten Worte fast.

„Bitte, beruhig dich. Ich glaube dir ja. Ich bin hundertprozentig davon überzeugt, dass es so gewesen ist, wie du sagst. Aber es kommt darauf an, dass wir auch den

Staatsanwalt und wenn nicht den, dann den Richter überzeugen."

Als er wieder im Auto saß, auf dem Weg nach Hause, war es fast zehn Uhr. Burkhard war verzweifelt. In Kürze würde also publik, dass er Constanze betrogen hatte und dass er sich auf eine junge Studentin eingelassen hatte. Wie lange würde es dauern, bis so etwas aus den Köpfen der Leute verschwand? Womöglich nie. Wie lange würde es dauern, bis es aus Constanzes Kopf verschwunden war? Er wusste es nicht. Auch Constanze selbst würde es nicht wissen. Wie lange würde es dauern, bis es aus seinem Kopf verschwunden war, bis er nicht mehr in jedem Blick, der ihm galt, zu lesen glaubte, dass der andere wusste, was passiert war?

Constanze saß am Esszimmertisch und blickte ihn verärgert an, als er eintrat.

„Kannst du mir mal verraten, wo du warst?"
Verdammt – er hatte sie nicht angerufen! Er hatte am späten Nachmittag angekündigt, um acht zu Hause zu sein, dann kam der Anruf von Mertens, und jetzt war es nach zehn Uhr. Er wollte ihr von dem Besuch bei Mertens erzählen, aber Constanze winkte gleich ab. „Lass mich in Ruhe", sagte sie, „allmählich habe ich keine Lust mehr und auch keine Kraft. Ach, und falls es dich interessiert – deiner Tochter geht es dreckig." Sie stand auf und ging nach oben ins Schlafzimmer. Burkhard wollte etwas sagen, ließ es dann aber bleiben. Er kannte sie, er wusste, dass es zwecklos war, jetzt erklären zu wollen. Es war besser, sie in Ruhe zu lassen.

Ging es noch schlimmer? Sein Ruf würde in naher Zukunft dahin sein, seine Frau war stocksauer, sein Kind krank. Herrje, was sollte noch alles kommen? Auf einmal stand das Kätzchen vor ihm, schaute hoch und miaute leise. Burkhard nahm es, setzte sich hin, setzte die Katze auf seinen Schoß und streichelte sie. Sie schnurrte genüsslich und hob das Köpfchen, als er sie unter dem Kinn streichelte.

Und plötzlich spürte er, dass es nur darauf ankam, zu kämpfen. Wenn er jetzt aufgab und den Kopf in den Sand steckte, wäre es vorbei. Es kann nur besser werden, dachte er, denn so dreckig ging es mir noch nie. Martin Bucher fiel ihm ein, sein Freund aus Studientagen. Er nahm sein Handy, tippte eine SMS an Bucher und kurz darauf summte es zurück. Burkhard las den Text und grinste.

Morgen würde er sich in der Mittagspause mit Bucher treffen.

27

„Wie bitte? Was hast du?" Bucher starrte ihn entgeistert an. Sie saßen in einem Restaurant – nicht weit vom Krankenhaus entfernt.

„Nein, hab ich eben nicht!" Während Burkhard das sagte, klopfte er rhythmisch auf den Tisch.

„Aber ihr hattet Sex?", flüsterte Bucher.

„Ja, hatten wir. Aber nicht mal das wollte ich wirklich. Sie hat mich verführt, verstehst du?"

Bucher nickte. „Ja klar, sie hat einen Zauberspruch aufgesagt und du warst nicht mehr Herr über dich selbst. War es so?" Bucher grinste.

„Genauso war's."

„Wie geht's Constanze damit? Ich nehme mal an, sie weiß es."

„Sie ist ziemlich fertig. Aber sie ist noch da."

Bucher nickte. Er hatte offenbar nichts anderes erwartet. Er schätzte Constanze sehr, das wusste Burkhard.

„Und jetzt? Wie geht's weiter?"

„Gute Frage. Keine Ahnung. Das Mädchen lügt am laufenden Band, wir können es ihr auch nachweisen. Das Problem ist nur, dass ich jetzt zugeben muss, dass ich mit ihr geschlafen habe."

„Warum?"

Burkhard erklärte ihm die Umstände.

„Das ist vor allem dann ein Problem, wenn du ein Problem daraus machst." Burkhard verstand nicht.

„Hör zu", sagte Bucher. „Je mehr du willst, dass der andere es nicht weiß, desto eher wird er es erfahren. Je mehr du willst, dass er es vergisst, desto mehr wird er daran erinnert. Wenn du alles zugibst und offen damit umgehst, desto eher sind die Leute gelangweilt und desto eher verabschiedet sich diese Geschichte aus ihrem Hirn. Und damit auch aus deinem. Kapiert?"

Burkhard hatte kapiert. Er wusste nicht, ob es so einfach war, wie Bucher behauptete, aber etwas sagte ihm, dass was dran war.

Zurück im Krankenhaus rief er Constanze an. Sie hatte sich inzwischen wieder beruhigt. Sie hatten am Morgen zusammen gefrühstückt, er hatte ihr von dem Anruf von Mertens erzählt und auch davon, dass er nun nicht umhin kam, zuzugeben, was geschehen war.

„Wie geht's der Kleinen?", fragte er.

„Sie hustet ziemlich stark, aber das Fieber ist weg." Constanze klang optimistisch. „Morgen bleibst du zu Hause, ja?!"

„Ja, so hatten wir es vereinbart."

„Wann kommst du heute zurück?"

„Um sieben bin ich da. Versprochen."

Als er aufgelegt hatte, spürte er, wie ihn eine Woge von Energie überkam. Es war, als hätte das Gespräch mit Bucher und das Telefonat mit Constanze in ihm eine Schleuse geöffnet, durch die jetzt neue Kraft in ihn hineinfloss.

Als er um kurz vor sieben vor der Haustür stand und Katharina drinnen sprechen hörte, da fühlte er sich unbesiegbar und trat ein. Es sollte nicht lange dauern, bis er diese Energie ziemlich dringend brauchen würde.

28

In den nächsten Tagen klingelte öfter als sonst sein Bürotelefon, irgendjemand rief ihn da mit unterdrückter Rufnummer an und raunzte ihm ein „Arschloch!", „Dafür wirst du büßen!" oder „Schwein! Mach besser, dass du wegkommst" zu. Sogar auf dem Anrufbeantworter hinterließ er entsprechende Nachrichten. Anfangs war Burkhard bloß verärgert über diesen Anrufer (*und dass es eine männliche Stimme war, daran gab es keinen Zweifel*). Je öfter aber diese Anrufe kamen – und sie kamen oft, manchmal fünf- bis zehnmal am Tag – desto mulmiger wurde ihm und irgendwann rief er Mertens, seinen Rechtsanwalt, an.

„Und die Stimme erkennst du nicht?", fragte der.

„Ich hab nicht die geringste Ahnung", antwortete Burkhard. „Ich bin mir aber sicher, dass es eine männliche Stimme ist."

„Warte noch ein bisschen. Wenn der Typ auch in den nächsten drei, vier Tagen anruft, werde ich eine Fangschaltung beantragen. Ich glaube aber, der hat bald keine Lust mehr."

„Dein Wort in Gottes Ohr!", meinte Burkhard.

Auch am folgenden Tag kamen diese Anrufe, immer mit unterdrückter Nummer, und einige Male nahm Burkhard den Hörer gar nicht erst ab.

Und dann passierte das: Burkhard war auf dem Weg zu einer Besprechung, die in einem Raum am Ende des Flurs stattfand. Als er an den Büros der anderen Ärzte vorbeilief, hörte er nur das Wort „Frauenschänder" und wusste sofort, dass er gemeint war. Augenblicklich blieb er stehen. Es war das Büro von Peter Klar.

Er wartete einen Augenblick, ehe er eintrat. Sein Herz klopfte so laut, dass er dachte, selbst Klar müsse es pochen hören. Der aber saß mit dem Rücken zu Burkhard am Schreibtisch, auf dem ein Handy lag, mit dem er offenbar eben telefoniert hatte.

„Ist nicht ganz koscher, was Sie da machen, oder?"
Klar schrie vor Schreck kurz auf, als Burkhard sprach, und drehte sich, noch immer auf seinem Stuhl sitzend, um. Er gab ein groteskes Bild ab, seine Augen waren weit aufgerissen, sein Mund war verzerrt, ihm stand das Entsetzen ins Gesicht geschrieben.

„Wenn ich Sie wäre, würde ich kündigen. Ansonsten hören Sie in Kürze von meinem Anwalt." Burkhard drehte sich auf dem Absatz um und ging wieder hinaus. Er hatte keine Lust, sich mit Klar auseinanderzusetzen. Er war ziemlich sicher, Klar würde sich an seinen Rat halten.

Am nächsten Tag erhielt er ein Schreiben von der Polizei. Er wurde aufgefordert, zur erkennungsdienstlichen Behandlung zu erscheinen. Die Polizei begründete diese Maßnahme damit, dass Wiederholungstaten bei Sexualstraftätern besonders häufig seien.

„Natürlich musst du da hin!", meinte Mertens, als er ihn anrief. „Was denkst du denn?"

„Was stellen die mit mir an?"

„Na ja, das Übliche: Fingerabdrücke, Lichtbilder machen und so weiter und so fort." Burkhard seufzte.

„Da musst du durch, auch wenn's schwerfällt, sonst klagt dich der Staatsanwalt gleich an."

Burkhard merkte, wie ihn das Ganze allmählich zerfraß. Er kam sich vor wie ein poröses Etwas, das allmählich droht, auseinanderzubrechen. Wie lange sollte er das noch aushalten? Wochen? Monate? Und auch Constanze war mehr und mehr angeschlagen; er spürte, dass auch sie auf dem Zahnfleisch kroch, und er betete, dass sich bald alles klären würde. Er war unschuldig. Das stand fest. Und sollte man ihn verurteilen, dann – ja, was dann? Er wagte nicht, daran zu denken.

Am nächsten Tag ging er auf das Polizeirevier. Warum eigentlich musste es hier immer nach Bohnerwachs riechen? War das Vorschrift? Wenn er ein Polizeirevier im Fernsehen sah, roch er immer gleich auch das Bohnerwachs mit.

Er meldete sich an und legte das Schreiben auf den Tresen. Nach einer kurzen Wartezeit holte ihn ein Beamter ab. Der Mann war eine geradezu groteske Gestalt, klein, rund, einen Kopf kürzer als Burkhard; er trug einen grauen Schnurrbart, der sich an den Seiten schneckenförmig kräuselte in drei oder vier Windungen. Burkhard musste fast lachen, als er den Mann sah. Doch das Lachen sollte ihm bald vergehen.

„Burkhard Sperber?", fragte der Polizist knapp.

Burkhard nickte. Obwohl der andere sein Nicken gesehen hatte, fragte er noch mal: „Burkhard Sperber?" „Ja, wie gesagt, das bin ich", meinte Burkhard.

„Gesagt haben Sie gar nichts", erwiderte der Beamte und musterte ihn streng. Burkhard missfiel die Art und Weise, wie der Mann ihn behandelte, aber er sagte nichts.

Er wollte nur so schnell wie möglich raus hier.
„Na, dann kommen Sie mal mit."
Zusammen gingen sie über den langen Flur, Burkhard trottete hinterdrein, bis der Beamte stehen blieb, kurz an einer Tür klopfte und fast gleichzeitig in das Zimmer trat.
„Grüß dich, Achim." Der Beamte am Schreibtisch begrüßte lediglich seinen Kollegen, schaute nur kurz und grußlos zu Burkhard und stand dann auf.
„Na, dann wollen wir mal."

In der nächsten halben Stunde wurden ihm die Finger- und Handflächenabdrücke abgenommen, er wurde fotografiert und nach prägnanten körperlichen Merkmalen untersucht. Es war entwürdigend. Nicht nur die Tatsache, dass er all das über sich ergehen lassen musste, auch die Art und Weise, wie das geschah und wie man ihn behandelte, war kaum hinzunehmen. Man betrachtete ihn geradezu als Täter, jedenfalls schien ihm das so. Die Beamten sprachen ihn bewusst mit „Herr Sperber" an, gleichwohl sie wussten, dass er Doktor und Professor war (*seine Akte lag auf dem Tisch und beide Beamte hatte sie eingesehen*). Für die war er ein Täter, mehr nicht, und das hieß offenbar Verzicht auf jeglichen respektvollen Umgang.

Hinterher fuhr er ins Krankenhaus. Seine Psyche war angeknackst, ihm fehlte ein gutes Stück Selbstbewusstsein; es fehlte ihm, als wäre es amputiert wie eine Hand, die man ihm abgenommen hatte. Als er sein Büro betrat, sah er das Schreiben auf dem Schreibtisch liegen und sofort wusste er, worum es sich handelte.
Peter Klar hatte gekündigt.

29

Alle Versuche von Hans Mertens, eine Anklage der Staatsanwaltschaft zu verhindern, waren erfolglos. In acht Wochen sollte Burkhard nun als Angeklagter in einem Missbrauchsprozess vor Gericht stehen. Diese Vorstellung war unerträglich. Burkhard konnte an nichts anderes denken als daran, was passieren würde. Was passierte, wenn er schuldig gesprochen würde? Was passierte, wenn man ihn von jeglicher Schuld freisprach? Er wusste, dass er das Thema im Krankenhaus war, seine Autorität hatte gelitten. Konnte er überhaupt noch länger in diesem Krankenhaus bleiben oder sollte er woanders neu anfangen? Wäre das wiederum nicht so etwas wie ein heimliches Schuldeingeständnis? Was lasen die Leute zwischen den Zeilen? Oder vergaßen sie bald wieder, was sich hier abspielte? Burkhard wusste nicht, was er tun sollte. Vielleicht konnte er bald gar nichts mehr tun. Bei dem Gedanken daran, verurteilt zu werden (*„Es sieht ganz gut aus, Burkhard, aber man darf sich nie zu sicher sein!", hatte Mertens gesagt*), wurde ihm schwindelig. Constanze, Katharina, sein Haus, sein Leben – all das würde er mehr oder weniger hinter sich lassen. Er versuchte jedes Mal, diese Gedanken zu verscheuchen (*„Denk positiv!", hatte Mertens gemahnt*), aber nicht immer gelang es, vor allem nachts nicht, da lag er häufig wach.

Einerseits sehnte er sich danach, dass das ganze Theater bald vorbei sein würde, andererseits hatte er große Angst davor.

Am Abend vor dem Prozess machte er mit Constanze einen Spaziergang; es war schon spät, halb elf, aber beide waren sie nervös und wach.

„Hast du mal von dem Schmetterlingseffekt gehört?" Constanze war es, die zuerst etwas sagte, nachdem sie eine Weile stumm nebeneinander hergelaufen waren.

Burkhard schaute sie einigermaßen verwundert an.

„Wenn in Brasilien ein Schmetterling mit den Flügeln schlägt, kann er in Texas einen Tornado auslösen. Ob das stimmt, weiß ich nicht." Burkhard verstand.

„Es tut mir leid, Constanze, es tut mir leid, was geschehen ist. Es war eine schwache Minute; ich will nichts beschönigen oder entschuldigen, aber es war eine schwache Minute. Du hast recht, diese eine Minute hat einen Tornado ausgelöst."

In diesem Moment kam ihnen ein Radfahrer entgegen, er fuhr ohne Licht, und erst spät erkannten sie den Mann von Birgit, ihrer Nachbarin. Er fuhr grußlos an ihnen vorbei, obwohl er sie erkannt hatte. Er hatte sich aus allem herausgehalten, nicht aber, weil ihn das alles nichts anging, sondern weil Birgit ihn offensichtlich dazu anhielt. Eine traurige Erscheinung – das war es, was Burkhard jedes Mal dachte, wenn er den Mann sah.

„Armer Kerl!", meinte Constanze, „was für ein Leben mit so einer Frau!"

Burkhard schaute sie an, sie lächelte und er lächelte zurück; dann fing sie zu lachen an, und auch er musste lachen. Sie lachten aus vollem Halse, wie es heißt, und es war das befreiendste Lachen, an das sich Burkhard erinnern konnte; ein Lachen wie eine Erlösung.

Am nächsten Morgen wachte Burkhard früh auf, es war erst halb sechs. Constanze schlief noch. Er stand auf, ging in die Küche und machte sich einen Kaffee. Dieser Tag, dachte er, fühlt sich gar nicht an wie ein wichtiger, entscheidender Tag. Heute würde es losgehen, heute begann der öffentliche

Prozess, aber das Ganze schien so weit weg, so fremd, so unvorstellbar!

Die Kaffeemaschine röchelte vor sich hin, er machte sich etwas Milch heiß und versuchte, sich auf diesen Tag einzustimmen.

Burkhard saß eine Stunde in der Küche, er saß einfach da am Küchentisch, schaute aus dem Fenster, hörte die Vögel zwitschern (*er hatte das Fenster irgendwann geöffnet*), und als Constanze plötzlich in der Tür stand und ihm verschlafen einen guten Morgen wünschte, wunderte er sich darüber, wie schnell diese leere Stunde vergangen war. Nicht einmal seinen Kaffee hatte er ausgetrunken.

„In einer Stunde muss Katharina in die Kita, ich bring sie." Im nächsten Moment kam die Kleine die Küche hereingetrottet, sie strahlte Burkhard an, er nahm sie auf seinen Schoß. Noch immer hatte er häufig diesen Gedanken: Es ist schön, dass es sie gibt, dass es ihr gut geht, dass sie ein glückliches Kind ist. Er würde immer dafür Sorge tragen, dass es so blieb, ganz gleich, was passierte. Irgendwann rutschte Katharina wieder von seinem Schoß herunter und lief zu Constanze ins Badezimmer.

Als die beiden fertig waren und das Bad verlassen hatten, duschte auch er, rasierte sich gründlich und zog sich einen Anzug an. Seriös ist wichtig, hatte Mertens betont, alles muss jetzt seriös sein, schließlich ist der Vorwurf gegen dich ziemlich unseriös! Das hatte Burkhard eingeleuchtet. Constanze trug ein schlichtes beigefarbenes Kostüm; es stand ihr gut, aber nicht zu gut, sie wirkte nicht overdressed. Sie saßen am Frühstückstisch, aber beide hatten sie keinen allzu großen Appetit. Katharina saß in ihrem Stühlchen und ließ sich von Constanze füttern. Es war halb neun, als die beiden aufbrachen. Constanze würde in einer guten halben Stunde zurück sein.

Burkhard warf einen Blick in die Zeitung. Schon nach wenigen Augenblicken merkte er, dass er sich nicht konzentrieren konnte, er war mit seinen Gedanken ganz woanders. Er legte die Zeitung wieder beiseite und räumte den Tisch ab.

Constanze kam zurück, setzte sich zu ihm in die Küche, erzählte eine Anekdote aus der Kita und trank eine Tasse Kaffee. Um zehn waren sie mit Mertens vor dem Gericht verabredet. Burkhard schaute alle Augenblicke auf die Uhr. In einer guten halben Stunde war es so weit. Plötzlich schrie Constanze auf, Burkhard erschrak und zuckte zusammen. Constanze hatte nicht aufgepasst und etwas von dem Kaffee auf ihr Kostüm verschüttet. Sofort stand sie auf und lief leise fluchend in die Küche. Burkhard hörte, wie sie den Wasserhahn aufdrehte, wieder fluchte sie und ging dann ins Schlafzimmer. Mit einem anderen Kostüm, einem dunkelblauen, kam sie zurück, im Arm das andere, befleckte Kostüm. „Wir müssen bei der Reinigung vorbeifahren", meinte sie, „sonst geht das nie wieder raus."

Burkhard nickte nervös, sah wieder auf die Uhr – es war jetzt halb zehn – und trank seinen Kaffee aus. Sie zogen sich an, setzten sich ins Auto, und als sie schon um die nächste Straßenecke gefahren waren, fiel Constanze ein, dass sie die Tasche mit dem Kostüm zu Hause vergessen hatte.

„Wir kommen noch zu spät ins Gericht!", mahnte Burkhard gereizt und fuhr eilig zurück.

Nachdem sie das Kostüm bei der Reinigung abgegeben hatten, klingelte Burkhards Handy.

„Wo bleibt ihr denn, Herrgott noch mal?", hörte er Mertens rufen.

„Was ist denn los?", fragte Burkhard nervös, „wir sind pünktlich um zehn da."

„Um zehn? Wieso um zehn? Um halb zehn geht die Sache los! Um halb zehn!!"

Burkhard merkte, wie sein Herz rascher zu schlagen begann.

„Hansi, du hast von zehn Uhr gesprochen!"

„Nein, habe ich nicht, garantiert nicht, wie käme ich dazu? Ist ja jetzt auch egal. Seht zu, dass ihr herkommt, es ist jetzt wirklich eilig."

Burkhard war sicher, dass Mertens von zehn Uhr gesprochen hatte. Was konnte er dafür, dass der sich geirrt hatte? Wie spät war es denn jetzt eigentlich? Er sah auf die Uhr, es war inzwischen zehn vor zehn. Burkhard schüttelte verärgert mit dem Kopf, Constanze saß stumm neben ihm.

„Da seid ihr ja endlich!" Mertens schien fast aufgeregter als Burkhard. Das verunsicherte ihn ungemein. Wieso war der denn so nervös? Gab es schlechte Neuigkeiten? Gab es etwas zu befürchten? Sie begrüßten sich und Mertens zog sie dann gleich ins Gerichtsgebäude. Es ging zwei Stockwerke hoch, und als sie oben ankamen, war Burkhard schon etwas aus der Puste. Ich muss mehr Sport machen, dachte er. Dann sah er Lisa-Marin und ihre Anwältin auf einer Bank sitzen, ganz am Ende des langen Flurs.

„Gleich geht's los", meinte Mertens und lächelte jetzt sogar ein wenig. „Frau Gudmundsdóttirs und ihre
Anwältin sind schon um kurz nach neun eingetroffen."

Burkhards Herz begann heftig zu schlagen, als er Lisa-Marin sah. Sie stand mit dem Rücken zu ihm und hatte sein Kommen noch gar nicht bemerkt. Mertens, Constanze und er standen fünf, sechs Meter von ihr entfernt auf dem Flur. Sie hatte sich, soviel er erkennen konnte, nicht verändert,

Burkhard erkannte sogar ihr Kostüm wieder (*sie hatte es auch auf der Messe getragen*) und wunderte sich im ersten Moment, dass sie noch immer so aussah wie sonst. Es hatte sich so viel verändert in den letzten Monaten und das ja nicht nur in seinem Leben, sondern auch in dem ihren, sodass er geglaubt hatte, dass sich dieser Umstand auch auf ihr Äußeres übertragen würde. Wie absurd allerdings diese Vermutung war, erkannte er daran, dass er selbst sich ebenso wenig verändert haben dürfte, zumindest war es ihm nicht bewusst.

Die Anwältin, eine sehr schlanke Person um die vierzig mit kurzen, schwarzen Haaren, flüsterte Lisa-Marin etwas zu, worauf die sich nach Burkhard umdrehte. Sie schauten sich an. Er hatte vorher lange überlegt, was sie wohl für ein Gesicht machen würde, wenn sie ihn wiedersehen würde. Jetzt aber, wo er sie sah, konnte er eigentlich gar nichts in ihrem Gesicht lesen, sie sah ihn an mit einer schier ausdruckslosen Miene. Hatte sie das vorher geprobt? Vor dem Spiegel gestanden und ein paar Gesichter geübt und sich am Ende für diesen vollkommen nichtssagenden Ausdruck entschieden? Lisa-Marin hatte gelogen, warum auch immer, sie unterstellte ihm Dinge, die er nicht getan hatte, ihr Vorwurf bedrohte seine Existenz – und jetzt sah sie ihn mit diesem Gesicht an! Wenn sie wenigstens eine vorwurfsvolle Miene machen würde, aber das hier war eine Zumutung.

Die Tür ging auf, man bat sie alle herein und Burkhards Kräfte schwanden mit einem Mal; es war, als tauche er, sobald er den ersten Schritt in den Gerichtsraum setzte. Er hörte alles bloß noch unklar, hörte wie unter Wasser – dumpf und unklar. Er bekam Angst und war doch wie gelähmt, sah schemenhaft den Richter, groß und mit Glatze, schemenhaft auch Lisa-Marin neben ihrer Anwältin, hörte Stimmen, ohne zu verstehen; es war wie ein Traum. Er wurde etwas gefragt und antwortete etwas, ganz automatisch, es war, als schaue und höre er sich dabei selbst zu, als wäre gar nicht er es, der da sprach. Er sah, wie sich Lisa-Marins Mund bewegte, hörte Geräusche dabei, aber verstand überhaupt nichts.

Nach wenigen Minuten war alles vorbei, plötzlich stand er wieder vor dem Raum auf dem langen Flur, neben ihm Mertens, der lächelte, Constanze stand an einem Fenster und sah hinaus.

„Sieht doch ganz gut aus", hörte er Mertens sagen, „geht essen, macht euch einen entspannten Tag, ihr habt es euch verdient."

Constanze kam dazu. „Wie geht es jetzt weiter?", fragte sie und schaute dabei Burkhard an, als ob dem die Frage gelte.

„Man wird die DNA auf dem Slip noch mal untersuchen, speziell den X-chromosomalen Anteil. Ich gehe schwer davon aus, dass sich an dem Slip deine DNA finden wird, Constanze. Somit wäre klar, dass es tatsächlich dein Slip ist."

„Deine Unterwäsche?" Burkhard war irritiert.

„Ja, meine." Constanze schaute erst ihn, dann Mertens fragend an. „Hab ich doch vorhin dem Richter gesagt."

„Also: Der Slip, den Lisa als den ihren ausgibt und den sie in der angeblichen Tatnacht getragen haben will, ist gar nicht ihr eigener, sondern der von Constanze. Wäre keine männliche, Y-chromosomale DNA gefunden worden, dann wäre das Verfahren wohl eingestellt worden, aber es fand sich ja beides, X und Y", erläuterte Mertens. „Wenn sich jetzt herausstellt, dass gar nicht Lisas DNA an diesem Slip zu finden ist, sondern Constanzes, dann war's das." Er strahlte. „Fragt sich bloß, wie diese Person an deine Unterwäsche kommt."

Burkhard rekapitulierte, was Mertens eben gesagt hatte. Er war mit seinen Gedanken woanders – wo eigentlich? Und nun rief er das eben Gesagte wie eine Datei von der Festplatte wieder ab. So, wie es aussah, war er inzwischen wieder aufgetaucht, keine undeutlichen Stimmen, keine verschwommenen Bilder mehr.

„Na, ich kann dir sagen, woher sie den hat", meinte Constanze, „den hat die mir geklaut. Immerhin hat sie mal auf unsere Kleine aufgepasst. Sie hat einfach im Waschkorb gewühlt und nach Flecken in meiner Unterwäsche gesucht."

„Ja, das weiß ich wohl", erwiderte Mertens, „aber seit diesem Vorfall war sie ja wohl nicht mehr bei euch, oder?" Constanze nickte.

„Das heißt, sie hat den Slip schon vorher mitgenommen. Das heißt auch, sie hatte etwas damit vor. Kinder, Kinder, was ist das für ein Mädchen!"

„Du hast recht!", meinte Constanze entrüstet, „sie hat sich meinen Slip genommen, um ihn als Beweisstück zu verwenden. Ihr hättet gar nicht poppen müssen." Sie schüttelte mit dem Kopf und schaute dabei etwas vorwurfsvoll zu Burkhard. „Reicht das denn, um Lisas Behauptung, ich hätte sie vergewaltigt, zu entkräften?", fragte der jetzt. Constanze schien geradezu erleichtert, als sie ihn hörte, sie nahm seine Hand und drückte sie fest. „Ja", meinte Mertens, „das sollte reichen." Sie verabschiedeten sich voneinander.

„Ich melde mich, sobald es Neuigkeiten gibt." Mertens gab ihnen die Hand, Burkhards drückte er etwas länger und nickte ihm zu.

Es war jetzt elf Uhr. Beide hatten sich für heute freigenommen. Um drei Uhr musste Katharina von der Kita abgeholt werden.

„Was machen wir jetzt?", fragte Constanze.

„Komisch", meinte Burkhard, „dass es das jetzt wirklich schon gewesen sein soll."

„Ja, seltsam, wie schnell das alles gehen kann, aber es sieht jedenfalls ganz danach aus", erwiderte Constanze. „Ich kann mir zumindest nicht vorstellen, dass sich dieses Mädchen meine schmutzige Unterwäsche klaut, weil ihr das so gut gefällt. Die hat ganz genau gewusst, was sie damit anstellen will. Die hatte von vornherein einen Plan."

„Ja, so wird's wohl sein, aber ich kann mir das alles beim besten Willen nicht vorstellen. Wie kommt die auf eine solche Idee? Seit wann hatte sie diesen ganzen Mist im Sinn? Sie war eine gute Studentin, die eine Zukunft vor sich hatte, und dann so was! Ich meine, hat die sich keine Gedanken gemacht, wen sie da alles möglicherweise vernichtet, wenn sie mit ihrer Version durchkommt? Ich begreife es einfach nicht. Und warum das Ganze?"

„Ich hoffe, wir können das alles bald abschließen. Abschließen und versenken."

Burkhard lachte. „Abschließen und versenken ist gut. So tief wie möglich am besten, dass es nie wieder auftaucht!"

„Weißt du was?", meinte er dann, „wir holen Katharina ab und gehen in den Zoo!"

Constanze schaute einigermaßen überrascht.

„Ja", meinte sie dann, „warum nicht? Schön, dass es dann wenigstens für dich erledigt ist."

30

Burkard musste immer wieder an den Prozess denken, bis er spät in der Nacht schließlich unruhig einschlief.
Von der Gerichtsverhandlung erwartete Burkhard die Wiederherstellung seiner verlorenen Würde und Ehre. Der

Rechtsmediziner hatte den Slip noch einmal untersucht und nun die vorhandene weibliche, X-chromosomale DNA untersucht, die bisher nicht differenziert wurde. Es wurden zwei verschiedene weibliche DNA-Typen entdeckt. Auch wurde eine weitere Zeugin präsentiert, die in der mutmaßlichen Tatnacht im Nachbarzimmer des Hotels gewohnt hatte. Sie könne sich an Schreie erinnern, meinte sie, auch an Hilferufe, und sie habe zunächst gedacht, es laufe der Fernseher irgendwo. Auf die Frage, wie sie dann aber gemerkt habe, dass es doch nicht der Fernseher gewesen sei, antwortete sie: Weil diese Dame – sie zeigte dabei auf Lisa-Marin – vor ihrer Zimmertür gestanden habe, nackt und völlig apathisch. Burkhard konnte nicht glauben, was er da hörte, es war nicht zu fassen. Sie log, daran gab es keinen Zweifel, aber warum? Hatte man ihr Geld geboten? Aber weshalb hatte man das tun sollen? Wer hatte ein Interesse daran, dass er vernichtet wurde? Und das jetzt, wo Lisa-Marins kriminelles Verhalten und ihre Lügen in diesem Fall aktenkundig waren.

Plötzlich entdeckte er jemanden im Zuschauerraum und dann ging ihm schlagartig ein Licht auf: Peter Klar saß da, sein Ex-Kollege aus der Klinik. Er erinnerte sich – vor einigen Wochen hatte er eine Diskussion zwischen Klar und dem Kollegen Mittelmann mit angehört. Klar hatte ganz gut vom Leder gezogen über ihn und sich später dafür entschuldigt. Klar war schon geradezu krankhaft ehrgeizig, er hatte ernst zu nehmende Ambitionen auf Burkhards Position im Krankenhaus, und es war durchaus denkbar, dass er hinter all diesem Theater steckte!

Weshalb die Zeugin erst jetzt ihre Aussage mache, wurde gefragt.

Sie sei beruflich im Ausland gewesen und man habe sie erst jetzt kontaktiert.

Dann ging alles ganz schnell: Mertens, Burkhards Anwalt, hatte nichts weiter in der Hand – es gab den Slip, es gab die Zeugin – und Burkhard wurde verurteilt zu zwei Jahren Gefängnis ohne Bewährung - die Mindeststrafe.

Als er den Gerichtssaal verließ, sah er in das Gesicht von Peter Klar und ihm lief ein Schauer über den Rücken.

Peter Klar lächelte.

Burkhard fing an zu schreien.

31

Er spürte Constanzes Hand an seiner Schulter. Davon wachte er auf.

„Burkhard", rief sie und strich ihm durchs Haar, „du bist ja schweißgebadet!"

Burkhard brauchte ein paar Momente, bis er wirklich wach war, er hörte sich weinen; fast meinte er auch, den Schrei von eben noch im Ohr zu haben. Es war ein Schrei aus einer anderen Welt, ein Schrei aus seinem Traum. Das wurde ihm klar, deshalb war er so erleichtert wie noch nie zuvor im Leben.

Am Nachmittag dieses Tages, um drei Uhr, war der Gerichtstermin. Burkhard sah auf die Uhr, es war halb vier morgens. Constanze schlief schon wieder, er aber war jetzt so wach, dass an Schlafen nicht zu denken war.

Er stand auf, schaute kurz nach Katharina, die auf dem Rücken liegend und mit etwas verdrehtem Kopf in ihrem Bettchen lag, und ging dann in die Küche, trank ein Glas Milch, schaltete das Radio an, fischte sich eine Zeitung aus dem Altpapier und legte sich im Wohnzimmer auf das Sofa.

Er dachte an den Termin am Nachmittag, dachte an den Traum von eben, und über alldem schlief er dann doch wieder ein und wachte auf, als Katharina neben ihm quiekte und an seinem Ohr spielte. Es war kurz nach sieben, er fühlte sich schwer wie ein Stein und so matt, als hätte er drei Nächte nicht geschlafen. Er riss sich zusammen und bemühte sich, nichts, aber auch gar nichts als ein Zeichen für den heutigen Tag zu sehen, auch und vor allem dann, als ihm später beim Frühstück die Kaffeetasse aus der Hand rutschte und sich der heiße Kaffee über seine Hose ergoss. Katharina und Constanze lachten und er tat gut daran, mitzulachen.

Hans Mertens wirkte am Nachmittag, als Burkhard ihn vor dem Gerichtsgebäude begrüßte, so entspannt, als kenne er bereits das Urteil.
„Es kann uns wenig passieren", meinte er, „alles spricht für uns."
„Dein Wort in Gottes Ohr!", meinte Burkhard und lächelte nervös. Er glaubte es erst, wenn er es hörte.
Und es passierte in der Tat nichts. Man glaubte ihm, Burkhard, und sprach ihn von dem Vorwurf des Missbrauchs frei. Burkhard nickte und blickte zu Lisa-Marin, die gleichfalls nickte. Hatte sie mit diesem Urteil gerechnet? Jetzt sah auch sie zu ihm herüber, sie nickte noch immer und lächelte. Burkhard war verwirrt. Was sollte das alles?
Die Urteilsverkündung ging so rasch und unspektakulär vonstatten, dass Burkhard staunte. Die Schlichtheit des Finales war fast eine Enttäuschung, dennoch war er dankbar dafür und betrachtete diesen Umstand auch als Ohrfeige für Lisa-Marin, Birgit und all die, die den Stein ins Rollen gebracht und für diesen ganzen Zirkus gesorgt hatten.

Hinterher ging er mit Constanze und Mertens essen. Das hatten sie vereinbart, ganz gleich, wie der Prozess ausgehen würde. Es sein denn, er wäre zu einer Haftstrafe verurteilt worden. Dann hätte man das Essen einige Monate oder gar Jahre später nachholen müssen. Nun, Mertens hatte sie eingeladen, aber darauf bestanden, dass er das Lokal aussuchen dürfe. Sie fuhren dann fast eine halbe Stunde aus der Stadt heraus, bis Mertens schließlich vor einem Lokal namens „Der Fisch" hielt. Es gehörte einer bekannten Fernsehköchin und Mertens meinte, hier gebe es Fisch, den man gegessen haben müsse. Burkhard mochte keinen Fisch, behielt es aber für sich.

„Das hätten wir also überstanden", meinte Mertens, als sie Platz genommen hatten. „Jetzt geht das Leben wieder seinen Gang."

„Hoffentlich!", meinten Burkhard und Constanze im Chor und mussten lachen. Sie plauderten über dies und das, der Fisch war wunderbar, Burkhard staunte, wie gut der ihm schmeckte.

Irgendwann, sie waren schon beim Nachtisch, ging die Tür auf, Burkhard schaute kurz hinüber und sah drei Personen, zwei Frauen und ein Mann, die gemeinsam durch das Lokal schritten. Sie hatten ihn nicht gesehen und gingen jetzt in den anderen Trakt des Restaurants. Constanze und Mertens waren mit dem Essen beschäftigt, sie hatten die drei Eintretenden nicht bemerkt und auch diese hatten Burkhard nicht entdeckt.

Aber er kannte die drei.

Es waren Lisa-Marin, Birgit und - tatsächlich wie in seinem Traum - Peter Klar.

Sein Herz begann wild zu klopfen, es pochte bis zum Hals, fast schmerzte es. Er stieß Mertens, der neben ihm saß, in die Seite und wies ihn auf die drei hin, die jetzt an einem Tisch im anderen Flügel Platz nahmen. Auch Constanze schaute jetzt hoch.
„Wer ist der Mann?", fragte Mertens.
„Peter Klar, Kollege und Möchtegern-Konkurrent aus der Klinik", meinte Burkhard.
„Das ist ja die Höhe!", rief Constanze.
„Ganz ruhig bleiben!", mahnte Mertens und hatte aber selbst Schwierigkeiten, sich daran zu halten; er rutschte auf seinem Stuhl hin und her und machte ein gequältes Gesicht.
„Ich kümmere mich drum. Macht, dass ihr wegkommt, sie sollen euch hier nicht sehen!", zischte er. Burkhard und Constanze taten wie ihnen geheißen und verließen eilig, aber unauffällig das Lokal.

32

Die Zeitung lag am nächsten Morgen vor der Haustür. „Unschuldig oder nur freigesprochen?" – so lautete die Überschrift eines Beitrages, der sich mit dem Urteil beschäftigte. Burkhard hatte keine Ahnung, wer ihm die Zeitung vor die Tür gelegt hatte. Birgit, so vermutete er. Immer wieder Birgit. Was ging in dieser Frau vor?
Der Artikel war eine einzige Unverschämtheit; man zweifelte an der Richtigkeit des Urteils, ohne aber echte Argumente vorbringen zu können, und zitierte Freisprüche früherer vergleichbarer Fälle, bei denen sich später der Irrtum des Richters herausgestellt hatte. Burkhard entschied, die Zeitung in den Altpapiercontainer zu stecken, der auf der anderen Straßenseite stand; er wollte verhindern, dass

Constanze den Artikel zu lesen bekam. Als er über die Straße ging, nahm er eine Bewegung an Birgits Küchengardine wahr. Das konnte kein Zufall sein.

Er war außer sich. Ohne lange zu überlegen, ging er zu Birgits Haus und klingelte. Birgit öffnete die Tür. Barfuß und mit einem übergroßen hellblauen Schlafanzug stand sie vor ihm. „Was willst du?", fragte sie knapp, ihre Arme vor der Brust verschränkt. Schon dieser Ton brachte Burkhard noch mehr in Rage. Er sah in ihr Gesicht, dieses verkniffene, verspannte Gesicht. Sie war in seinen Augen zweifellos eine traurige, gehetzte, missgünstige Person, nie schien Burkhard das so klar wie jetzt, da er in ihr Gesicht blickte. Es sprach wirklich Bände, dieses Gesicht, und plötzlich wurde er ganz ruhig.

„Birgit, ich weiß nicht, was dich antreibt. Ich bin sicher, irgendwann werde ich es wissen; aber nun lass es gut sein. Du bist auf dem Holzweg. Bitte, Birgit, lass es gut sein. Es hat keinen Zweck mehr."

Damit drehte er sich um und ging. Er wusste, dass Birgit noch immer in der Tür stand und ihn beobachtete, dass sie sah, wie er die Zeitung in den Container warf und zurück ins Haus ging. Währenddessen wartete er auf ein Wort von ihr, einen Ausruf, eine Warnung. Aber da kam nichts, kein Wort, kein Ausruf, keine Warnung. Sie stand bloß in der Tür und stand auch dann noch da, als er seine eigene Haustür aufschloss und sich noch einmal nach ihr umdrehte. Fast schien ihm, dass sie lächelte. Aber vielleicht hatte er sich auch getäuscht.

33

„Dr. Peter Klar, Birgit und Lisa-Marin – es war ihr gemeinsamer Plan." Mertens stand in seinem Büro und lief aufgeregt hin und her. Burkhard saß in einem der Arne-Jacobsen-Stühle, die sich sein Anwalt kürzlich angeschafft hatte und auf die er sehr stolz war.

„Aber wieso?", fragte Burkhard. „Was sollte das Ganze? Wie sind die drei überhaupt zusammengekommen?"

„Gute Frage. Hab ich aber natürlich auch herausbekommen", meinte Mertens stolz. „Peter Klar ist der Exmann von Birgits Schwester, also ihr Ex-Schwager. Capito? Hättest Du auch wissen können."

„Na und? Deswegen müssen die beiden doch nicht einen solchen Plan aushecken."

„Nein, das müssen sie nicht, das haben sie aber vermutlich! Offenbar haben die beiden sich ganz gut verstanden, wie gut steht auf einem anderen Blatt." Mertens fuhr fort: „Jeder sollte hier profitieren: Peter Klar vom Aufstieg zum Chefarzt, den er sich aber mit seinen kindischen Anrufen bei dir, noch dazu von seinem Bürotelefon, selbst zunächst vermasselt hat. Ich hatte mich schon gewundert, dass er so schnell das Handtuch wirft und kündigt. Offenbar hielt er es daher sogar für besser, sich auch öffentlich von dir zu distanzieren, um dann deine Position zu erlangen. Lisa und Birgit spekulierten wohl von einem finanziellen Täter-Opfer-Ausgleich, den du zahlen solltest. Ihre Anwältin hatte das bei der Staatsanwaltschaft sogar angeregt, obwohl das bei Kapitalverbrechen gar nicht vorgesehen ist. Mit einer nachfolgenden Zivilklage lässt sich viel Geld herausschlagen. Lisa kann das Geld gut gebrauchen, schließlich jobbt sie sich halb zu Tode, und sie hat sich durch Peter Klar als möglichem zukünftigen Chefarzt eine aussichtsreiche Position im Krankenhaus erhofft. Und Birgit und ihr Mann sind ziemlich hoch verschuldet. Ein gar nicht so schlechter Plan, wenn du mich fragst ..." „Na, hör mal!" Burkhard lachte. „Wie geht's jetzt weiter?"

Mertens knackte mit den Fingergelenken. „Wir werden ein Ermittlungsverfahren gegen die drei anstrengen, wegen Vortäuschung einer Straftat. Die dürfen nicht ungeschoren davonkommen."

Burkhard nickte, auch wenn er wenig Lust hatte, damit eine neue Runde in dieser unangenehmen Sache einzuläuten. Aber wie Mertens sagte, so etwas durfte nicht ungestraft bleiben. Außerdem standen Burkhards Ruf und der Ruf der Klinik auf dem Spiel. Die Presse war ihm bislang nicht wohlgesonnen, es hatte mehrere unschöne Beiträge gegeben, die Klinik wurde regelmäßig namentlich erwähnt, was sich freilich wiederum negativ auf die Zahl neuer Patienten auswirkte. Neue Fakten würden ein anderes Licht auf die Sache werfen.

„Ich informiere dich, sobald es neue Informationen gibt." Mertens begleitete ihn zur Tür. „Dein Part ist jetzt vorbei, Burkhard, du kannst wieder an die Arbeit gehen."

Als Burkhard eine Stunde später sein Büro in der Klinik betrat, sah er einen großen Blumenstrauß auf seinem Schreibtisch. Zu seiner Verwunderung entdeckte er kein Kärtchen oder Ähnliches, das den Absender dieses Straußes verriet. Burkhard überlegte, von wem er stammen könnte, und als ihm auffiel, wie viele Namen ihm dabei in den Sinn kamen, war er fast glücklich.

34

Noch genau zwei Wochen lang betrat Burkhard glücklich sein Büro. Es gab die letzten Tage gar nicht so viel zu tun, so hatte er Zeit, sich von all den Strapazen zu erholen.
Eine OP und dann noch ein Gespräch mit der Geschäftsführung.

„Herr Sperber, setzen Sie sich doch! Kaffee?"
„Ja, bitte mit Milch."
„Verstehen Sie mich jetzt nicht falsch, Herr Sperber. Ich denke, dass Sie ein guter Chefarzt sind."
Burkhard verstand das – wie er meinte – genau richtig. Er wusste, dass er ein guter Chefarzt war, und schaute den Verwaltungsleiter erwartungsvoll an.
„Ich muss aber auch an die Klinik denken. Nach alldem, was man so in der Presse liest, schenken uns die Patienten kein Vertrauen mehr, verstehen Sie?"
Jetzt verstand Burkhard, sein Herz pochte wie zuletzt zwei Wochen zuvor.
„Wir halten diesen Effekt für nachhaltig und haben daher beschlossen, die Chefarztposition neu auszuschreiben. Es tut mir leid, die Anweisung ist von ganz oben.", erläuterte der Verwaltungsleiter. „Herr Dr. Klar wird zunächst vorübergehend die Leitung ihrer Abteilung übernehmen. Wir konnten ihn glücklicherweise gewinnen, nachdem wir ihn über unsere Pläne informiert haben. Er kennt die Strukturen und käme aus Sicht der Geschäftsführung auch für ein längerfristiges Konzept in Frage."

Burkard erkannte, dass er nicht gewinnen konnte.
Nichts würde so sein wie zuvor.
Er stand wortlos auf und ging in die Räume der benachbarten Notaufnahme. Dort steckte er einige Ampullen in seine Jackentasche.
Burkard ging in sein Büro, nahm seine Arzttasche und machte sich auf den Weg zu Birgits Haus.

……………………

 Carl Lindenlaub wurde 1971 als drittes Kind deutscher Eltern in Kopenhagen geboren. Während seines Medizinstudiums in Hamburg entschied er sich für eine Spezialisierung im Bereich der Rechtsmedizin. Die fachärztliche Weiterbildung erfolgte an verschiedenen österreichischen Universitätskliniken. Durch Gutachtertätigkeiten vertiefte er sein Wissen im medizinisch-juristischen Grenzgebiet. Nachfolgende medienwissenschaftliche Studien verfestigten den Verdacht, dass die Justiz oft als Hilfsdisziplin der Medien fungiert. Viele aktuelle Beispiele zeigen die Vormachtstellung der Massenkommunikation in der Bewertung und Verurteilung bis hin zur vollständigen gesellschaftlichen Vernichtung Betroffener. So entwickelte sich diese Thematik zu Lindenlaubs schriftstellerischem Kernthema.

Berlin, im Winter 2016